콘트라바스

Der Kontrabass
콘트라바스

파트리크 쥐스킨트 지음 박종대 옮김

이 책은 실로 꿰매어 제본하는 정통적인 사철 방식으로 만들어졌습니다.
사철 방식으로 제본된 책은 오랫동안 보관해도 손상되지 않습니다.

(방 안. 레코드판에서 브람스 교향곡 2번이 흘러나온다. 누군가 함께 흥얼거린다. 멀어지던 발소리가 다시 가까워진다. 누군가 병을 따고 맥주를 따른다.)

잠깐만요…… 조금만 더…… 그래, 여기요! 들으셨나요? 지금 이 소리? 들으셨죠? 좀 있으면 또 나올 겁니다. 똑같은 경과구[1]죠. 조금만 기다려 보세요.

이거요! 들으셨죠? 바스 소리요. 콘트라바스[2] 소린데…….

1 독주 기악곡에서, 선율음의 사이를 높거나 낮은 방향으로 급하게 진행하는 부분. 곡의 주요부를 이어 나가는 데 쓴다. 이하 모든 주는 옮긴이의 주이다.
2 우리가 일반적으로 쓰는 〈콘트라베이스〉는 사실 없는 말이다. 독일어권에서는 이 악기를 콘트라바스*Kontrabass*, 영어권에서는 더블 베이스*double bass*라고 부르는데, 우리나라엔 독일에서 공부한 사람이 많다 보니 콘트라바스라는 말이 자주 사용되었다. 그런데 *bass*가 독일어로는 〈바스〉로 발음되지만 영어로는 〈베이스〉로 발음되는 점에서 혼동이 일어나 〈콘트라베이스〉라는 정체불명의 단어가 탄생했다. 이 책에서는 악기의 원래 이름을 찾아 주기로 했다. 참고로 콘트라바스는 〈곱절의 바스〉라는 뜻인데, 첼로보다 한 옥타

(턴테이블에 전축 바늘을 내려놓는다. 음악이 끝난다.)

…… 제가 연주한 겁니다. 정확히 말하면 우리죠. 동료들과 저 말입니다. 국립 오케스트라 소속이죠. 브람스 교향곡 2번은 정말 대단한 곡입니다. 이 곡을 우리 바스는 여섯 명이 연주했어요. 뭐 일반적인 규모죠. 우리 오케스트라엔 바스 주자가 총 여덟 명 있어요. 가끔은 객원 연주자까지 합쳐서 열 명이 연주하기도 하고요. 심지어 열두 명이 연주할 때도 있어요. 그러면 엄청나죠. 정말 거짓말 하나 보태지 않고 엄청나죠. 이론적으로 보면, 콘트라바스 열두 대가 한꺼번에 마음먹고 소리를 내면 전체 오케스트라가 누르지를 못해요. 물론 실제 물리적으로 그렇다는 말은 아니에요. 아무튼 다른 악기들은 힘을 못 써요. 우리 없이는 오케스트라가 돌아가지 않아요. 아무한테나 가서 물어보세요. 음악 하는 사람이라면 누구나 당연하다는 듯이 그렇게 말할 거예요. 오케스트라에 지휘자는 없어도 되지만 콘트라바스는 없으면 안 된다고요. 실제로 과거 수백 년 동안 오케스트라에 지휘자가 없어도 문제가 되지 않았어요. 음악사적으로 지휘자가 생긴 건 그리 오래되지 않았어요. 19세기였죠. 굳이 이런 말씀까지 드리는 게 뭣하지만 우리 같은 국립 오케스트라도 가끔 지휘자를 완전히 무시하고 연주할 때가 있어요. 지휘자를 허수아비 취급하는 거죠. 진짜예요. 우린 지휘자를 아예 무시하고 연주

브가 더 낮다고 해서 붙여진 이름이다.

하기도 해요. 물론 지휘자는 알아채지 못하게 하죠. 지휘자는 혼자 앞에서 마음대로 손을 휘젓게 내버려 두고, 우린 우리 마음대로 연주하는 거예요. 물론 상임 지휘자 앞에서는 그러지 않아요. 객원 지휘자 앞에서는 늘 그러고요. 우리 연주자에겐 남모를 즐거움이죠. 표현하기는 좀 그렇지만. 아무튼 지휘자 얘긴 이 정도로 하죠.

콘트라바스는 달라요. 콘트라바스가 없는 오케스트라는 상상할 수 없어요. 바스가 반드시 끼어 있어야 오케스트라라고 할 수 있죠. 사실 제1바이올린이나 관악기는 없어도 됩니다. 북이나 트럼펫이 없어도 되고요. 이런 건 다 없어도 됩니다. 하지만 바스는 없으면 안 됩니다.

이 대목에서 제가 말하고 싶은 건 하나예요. 오케스트라에서 가장 중요한 악기는 단연 콘트라바스라는 사실입니다. 물론 사람들은 그렇게 생각하지 않겠지만요.

콘트라바스는 지휘자를 포함해 나머지 모든 오케스트라를 받치는 기본 골격 같은 겁니다. 비유하자면 웅장한 건물을 세우는 토대라고 할 수 있죠. 오케스트라에서 바스를 빼버리면 바빌론의 언어 혼란 같은 대혼란이 생기고, 누구도 왜 음악을 하는지 이유를 알지 못하는, 일명 소돔과 같은 곳이 되어 버립니다. 예를 들어 바스를 빼고 슈베르트의 나단조 교향곡을 연주한다고 생각해 보세요. 어떻게 될까요? 끔찍합니다. 그냥 잊어버리는 게 낫겠습니다. 바스 없는 오케스트라는 어떤 곡을 연주하건 쓰레기통에 던져 버려도 됩니다. 교향곡이건, 오페라건, 솔로 콘서트건 할 것 없이요. 하나부터 열까지 전부 버려도 됩니다. 아무 오케스트라 단원이나 붙잡고 물어보세요. 연주하면서 가장 당황스러울 때가 언제냐고. 정말 한번 물어보세요. 그러면 콘트라바스 소리가 들리지 않을 때라고 대답할 겁니다. 재앙이죠. 심지어 재즈 밴드는 더해요. 바스 소리가 어느 순간 뚝 그치면 재즈 밴드는 비유적으로 말해서 마치 폭탄을 맞은 것처럼 산산조각 나고, 연주자들은 갑자기 의미를 잃고 맙니다. 사실 저는 재즈를 안 좋아해요. 록도 별로고요. 저처럼 클래식 같은 정통 음악에서 아름답고 선하고 참된 것을 지향하는 예술가에게는 무정부주의처럼 자유로운 즉흥성만큼 경계해야 할 것이 없죠. 이 얘기도 이쯤 하겠습니다.

이런 이야기를 꺼낸 건 그저 콘트라바스가 오케스트라의 핵심적인 악기라는 사실을 분명히 밝혀 두기 위해서입니다. 사실 그건 누구나 압니다. 다만 솔직히 얘기하는 사람이 없을 뿐이죠. 오케스트라 단원들은 원래 질투가 많은 사람들이거든요. 생각해 보세요. 우리 제1바이올린 수석 주자가 바이올린을 품에 안은 채, 만일 콘트라바스가 없으면 자기는 벌거벗은 임금님이나 마찬가지라고 고백한다면 얼마나 꼴이 우습겠습니까? 자신의 시시함과 초라함을 그대로 드러내는 게 되지 않을까요? 그건 좋지 않아요. 결코 좋은 모습이 아닙니다. 잠깐 실례하겠습니다. 맥주 한잔 마시고…….

(맥주를 한 모금 마신다.)

…… 저는 원래 겸손한 사람입니다. 하지만 음악가로서는 제가 서 있는 토대가 어디인지 잘 압니다. 그건 우리 모두가 뿌리를 박고 있는 어머니 대지이자 음악적 영감에 양분을 공급하는 에너지원이자, 비유적으로 말해서 그것의 사타구니에서 음악적 씨앗을 만들어 내는 진정한 창조의 극이라고 할 수 있는데…… 그게 바로 접니다! 구체적으론 제가 연주하는 악기가 그렇다는 말이죠. 콘트라바스요. 다른 것은 모두 반대편의 극입니다. 그것도 바스 때문에 반대편 극이 되죠. 소프라노를 예로 들어 볼까요? 오페라에서 소프라노는…… 음, 이걸 어떻게 말씀드려야 할까……. 우리 오페라단에 젊은 소프라노가 들어왔어요. 정확하게는 메조소프라노죠. 저는 지금껏 다양한 목소리를 들어 봤지만 이 가수만큼 감동적인 목소리는 듣지 못했습니다. 정말 가슴 깊숙한 곳을 건드리는 목소리였어요. 아직 완전히 무르익지 않은 20대 중반의 아가씨였는데 말이에요. 참고로 저는 서른다섯입니다. 올팔월이면 서른여섯이 되죠. 생일이 항상 오케스트라 휴가 기간에 끼어 있어요. 어쨌든 정말 멋진 소프라노입니다. 뭔가 활기를 주는…… 이 얘기도 이쯤 하겠습니다.

아까 소프라노를 예로 들겠다고 했는데, 소프라노는 어떻게 보면 콘트라바스와 가장 반대편에 있다고 할 수 있어요. 하나는 인간의 소리고, 다른 하나는 악기의 소리라는 것부터 해서…… 거기다…… 소프라노는…… 아니 메조소프라노는…… 음높이 면에서 바스와 정반대편 극이죠. 이 극에서부터…… 아니 좀 더 정확히 말하자면 이 극을 향해…… 또는 이 극과 함께 콘트라바스는 혼연일체가 되는데…… 그런 합체는 거부할 수 없는 힘으로…… 흡사 음악적 불꽃이 튀면서, 이 극에서 저 극으로, 바스에서 소프라노로, 또는 메조를 향해 치솟다가, 은유적으로 말해 종달새처럼 비상하다가…… 신처럼 저 높은 곳에서, 천상의 높이에서, 영원에 가깝게, 우주적 크기로, 흡사 섹스와 에로틱과 무한한 본능적 욕구에 휩싸여…… 그러다 대지에 가까운 콘트라바스의 받침대에서 발산되는 자석 양극의 긴장 속으로 빨려 들어가죠. 콘트라바스는 태초의 악기입니다. 태초의 소리를 낸다는 말이죠. 제 말을 이해하시겠는지…… 아무튼 음악은 그런 식으로만 가능합니다. 왜냐고요? 극과 극의 긴장, 고음과 저음의 긴장 속에서 음악적으로 의미 있는 모든 것이 일어나기 때문이죠. 또한 거기서 음악적 의미와 삶이 생겨납니다. 네, 맞아요. 삶 자체가 생겨납니다. 그 가수의 ─ 말이 나온 김에 덧붙이자면 ─ 이름은 사라예요. 이렇게 말씀드려도 된다면 그 여성분은 아마 앞으로 크게 될 겁니다. 제가 음악을 좀 안다면, 그래요, 제가 음악을 좀 알긴 하죠. 아무튼 그 성악가는 크게 성공할 겁니다. 우리가 그럴 수 있도록 돕고 있고요. 우리 오케스트라 말입니다. 그중에서도 특히 우리 콘트라바스 주자들이요. 그러니까 제가요. 개인적으로 무척 만족스러운 일이죠. 자, 이제 지금까지 얘기한 걸 정리해 볼까요? 콘트라 바스는 오케스트라에서 가장 기본이 되는 악기예요. 모든 악기의 기초를 잡아 주는 묵직한 저음 때문이죠. 한마디로 콘트라바스는 가장 깊은 소리를 내는 현악기입니다. 콘트라-E음[3]까지 내려가죠. 제가 한번 들려 드릴까요? 잠깐만요.

(다시 맥주를 한 모금 마시더니 일어나 악기를 잡고 활을 조인다.)

…… 참, 제 악기에서 가장 좋은 것은 활이에요. 프레치너 활이거든요. 350마르크를 주고 샀는데 요즘은 2,500마르크나 해요. 10년 사이에 이렇게 가격이 치솟다니, 정말 미친 짓이죠. 그것도 이 바닥에서요. 하지만 뭐 어쩌겠어요?

자, 이제 주의 깊게 들어 보십시오.

(가장 낮은 현을 켠다.)

…… 들으셨나요? 콘트라-E음이었어요. 조율이 제대로 되어 있다면 정확히 41.2헤르츠죠. 물론 이보다 더 낮은 바스도 있습니다. 예를 들면 콘트라-C나 심지어 서브콘트라-H음까지 내는 바스들이죠. 그럴 경우 헤르츠가 30.9까

---

3 콘트라바스가 내는 콘트라 옥타브는 첼로보다 옥타브가 하나 더 낮은데, 그 옥타브의 〈미〉음까지 내려간다는 말이다.

지 나와요. 물론 그러려면 다섯 개의 현이 필요해요. 제 것은 네 개예요. 악기 자체가 다섯 개를 버티지 못해요. 억지로 하나 더 걸었다가는 곧 끊어지고 말 겁니다. 우리 오케스트라에는 5현 바스가 몇 대 있어요. 바그너 같은 곡을 연주할 때 필요하죠. 그렇다고 무슨 특별한 소리가 나는 건 아니에요. 30.9헤르츠는 딱히 음악적인 소리라고 할 수 없거든요. 어떤지 다시 한번 들어 보시겠어요?

(콘트라-E음을 재차 켠다.)

…… 음악적인 소리라고 하기엔 무리가 있고, 오히려 뭔가 마찰음 같은…… 뭐라고 해야 할까, 뭔가 억지스러운 소리 같은…… 아무튼 음악적인 울림이라기보다는 벌레가 앵앵거리는 소리에 가깝게 들립니다. 어쨌든 저는 이 음역대만으로 충분해요. 다만 위쪽으로는 한계가 없어요. 얼마든지 높은 음을 낼 수 있다는 말이죠. 이론적으로는요. 대신 실질적인 한계가 있죠. 예를 들어 손가락판 전체를 이용할 경우 c-3까지 연주할 수 있습니다.

(연주한다.)

…… 이게 c-3입니다. 3옥타브의 도죠. 여러분은 아마 이게 가장 높은음이라고 생각할 겁니다. 손가락판을 벗어나 현

을 짚을 수는 없을 테니까요. 하지만 이 소리를 한번 들어 보세요.

(플라지올렛[4] 주법으로 연주한다.)

…… 어때요?

(더 높은음을 연주한다.)

…… 이건요?

(더 한층 높은음을 연주한다.)

…… 플라지올렛입니다. 현을 켜는 방법 중 하나로 손가락을 현에 살짝 올려놓고 오버톤[5]을 얻는 기법이죠. 여기서 그것의 물리학적 원리를 설명하는 건 원래 이야기와 너무 동떨어진 것이기에 정 알고 싶으시면 직접 백과사전을 찾아보시기 바랍니다. 아무튼 앞서 말씀드렸듯이 이론적으로는 얼

---

4 손가락판에 닿도록 현을 누르지 않고 현에 손가락을 살짝 갖다 댄 채 활을 켜면 해당 음보다 높은 소리가 난다. 피타고라스의 배음(倍音) 이론에 따른 효과인데, 손가락을 어디에 올려놓고 얼마나 힘을 가하는지에 따라 여러 배음이 만들어진다.
5 진동체가 내는 여러 가지 소리 가운데 원래 소리보다 큰 진동수를 가진 소리. 보통 원래 소리의 정수배(整數倍)가 되는 소리를 이르는데, 그래서 배음이라고도 한다.

마든지 높은음을 낼 수 있습니다. 우리 귀에 들리지는 않더라도 말입니다. 보여 드리죠.

(귀에 들리지 않는 높은음을 연주한다.)

…… 들으셨나요? 못 들었을 겁니다. 거 보세요! 이 악기 속에는 이론적으로나 물리적으로나 이렇게 많은 것이 담겨 있습니다. 다만 실제 연주로 끄집어낼 수 없을 뿐이죠. 그건 관악기도 마찬가지예요. 인간도 그렇고요. 상징적인 차원에서요. 저는 자기 속에 가늠할 수 없는 무한한 우주를 품은 사람들을 더러 아는데, 그 사람들은 그걸 끄집어내지 못할 뿐이에요. 아니, 그건 절대 불가능해요. 이 이야기도 이쯤 하기로 하죠.

네 현의 기본음은 미(E)-라(A)-레(D)-솔(G)입니다.

(피치카토[6]로 연주한다.)

…… 쇠줄에다 크롬을 입힌 거예요. 옛날에는 동물 창자로 만들었죠. 여기 위쪽의 G현은 주로 솔로 연주를 할 때 사용합니다. 그럴 기회가 있다면 말이에요. 줄 하나 가격이 꽤 나가죠. 요즘은 네 줄 세트에 160마르크 정도 해요. 제가 이 악기를 처음 시작했을 때는 40마르크밖에 안 했는데, 그사

6 현악기의 현을 손끝으로 튕겨서 연주하는 기법.

이 가격이 미쳤죠. 그래도 뭐, 어쩌겠어요? 아무튼 이 네 현은 미-라-레-솔 4도 음정이에요. 줄이 다섯 개일 경우엔 도 나 시가 추가되죠. 그건 오늘날 시카고 심포니에서부터 모스크바 국립 오케스트라까지 모두 똑같아요. 물론 이렇게 되기까지는 싸움이 치열했죠. 예전에는 조율 방식뿐 아니라 현의 수와 악기 크기까지 다 달랐어요. 아마 콘트라바스만큼 종류가 다양한 악기는 — 맥주 한 모금 마셔도 괜찮을까요? 목이 타네요 — 없을 겁니다. 17세기와 18세기는 혼란의 시대였어요. 바스 비올, 큰 바스 비올라, 프렛이 있는 비올로네, 프렛이 없는 주프트라비올로네, 거기다 음정은 3도, 4도, 5도로 다양했고, 현도 세 줄, 네 줄, 여섯 줄, 심지어 여덟 줄짜리까지 있었어요. 그 밖에 〈f〉 자형 울림구멍도 있고 〈c〉 자형 울림구멍도 있었어요. 한마디로 미칠 지경이죠. 게다가 19세기까지도 프랑스와 영국에서는 5도 음정의 3현 악기를 사용했고, 스페인과 이탈리아에서는 4도 음정의 3현 악기를, 독일과 오스트리아에서는 4도 음정의 4현 악기를 사용했어요. 그러다 우리가 사용하던 4도 음정의 4현이 대세가 됐죠. 왜냐고요? 특별한 이유가 있었던 건 아니고 그냥 우리한테 좋은 작곡가가 더 많아서 그래요. 사실 소리로만 보면 3현 바스가 더 좋아요. 긁히는 느낌이 적고 훨씬 선율적이죠. 그냥 소리 자체가 아름다웠어요. 대신 우리한테는 히이든이 있었고, 모차르트가 있었고, 바흐의 아들들이 있었어요. 나중에는 베토벤과 낭만주의 작곡가들도 나왔고요. 그런데 이

들은 바스에서 어떤 소리가 나건 전혀 관심이 없었어요. 바스를 그저 자신의 교향곡을 펼쳐 놓을 거대한 소리 카펫 정도로만 여겼죠. 실제로 바스는 오늘날까지도 음악 분야에서 들을 수 있는 가장 큰 소리 카펫이에요. 아무튼 1750년부터 20세기까지 200년 동안의 오케스트라 역사는 거짓말 하나 보태지 않고 4현 콘트라바스를 토대로 우뚝 섰다고 할 수 있어요. 그리고 이 오케스트라 음악과 함께 3현 바스가 싹 사라졌죠.

여러분도 짐작하시겠지만 그 과정에서는 당연히 반발이 있었어요. 파리 음악원과 오페라단에서는 1832년까지도 3현 바스가 사용되었습니다. 아시다시피 1832년은 괴테가 죽은 해예요. 그런데 그해엔 괴테만 사라진 게 아니라 3현 바스의 운명도 끝장나 버렸어요. 케루비니[7]에 의해서요. 루이지 케루비니 말입니다. 이 사람은 원래 이탈리아인이었지만 음악적으로는 중부 유럽풍을 지향했어요. 글루크[8], 하이든, 모차르트의 열광적인 팬이었죠. 당시 그는 파리 음악원원장으로서 단호한 개혁 조치를 취해 나갔습니다. 무슨 일이 있었는지 아세요? 프랑스 콘트라바스 주자들 사이에서 분노의 비명이 터져 나왔어요. 독일풍의 이탈리아 음악가가 그들에게서 3현 바스를 빼앗아 버렸으니까요. 사실 프랑스 사람

7 Luigi Cherubini(1760~1842). 이탈리아 태생의 프랑스 작곡가로 교회음악과 오페라를 주로 만들었다.
8 Christoph Willibald Gluck(1714~1787). 독일의 작곡가로 아리아 중심의 오페라를 가사와 극적 내용을 존중하는 새로운 양식으로 개혁하였다.

들은 화를 잘 내요. 지구상 어디선가 혁명의 분위기가 감돈다면 절대 프랑스 사람들을 빼놓을 수 없어요. 18세기도 그랬고, 19세기도 그랬어요. 20세기도 마찬가지고요. 지금 이시대까지도요. 5월 초에 파리에 간 적이 있는데, 청소부들이 파업을 하더군요. 지하철도 함께요. 그 사람들은 하루에 세번 전기를 끊고 데모를 했어요. 1만 5천 명이나요. 나중에 거리가 어떤 꼴이 됐는지 아세요? 성한 가게가 없었어요. 진열창은 다 깨지고, 자동차는 찌그러지고, 플래카드나 전단 같은 것들이 곳곳에 나뒹굴었어요. 구경하는 게 겁이 날 정도로요. 뭐, 그땐 그랬어요. 아무튼 1832년에는 그래 봤자 소용이 없었어요. 바스 주자들이 화를 냈지만 결국 3현 콘트라바스는 퇴출되었으니까요. 영원히요. 사실 그건 어쩔 수 없는 측면이 있어요. 사용하는 악기가 지역마다 다르면 곤란하니까요. 물론 애석한 일이기는 하죠. 3현 바스의 소리가 한결 좋았거든요. 여기…… 이 녀석보다도요.

(자신의 콘트라바스를 살며시 어루만진다.)

…… 음역은 좁지만 울림은 더 좋았죠.

(맥주를 마신다.)

…… 그런 일은 뭐 흔하죠. 시대의 열차를 역행한다는 이

유로 더 좋은 것이 사장되는 경우 말이에요. 시대의 열차는 자기 앞에 방해가 되는 것은 모두 깔아뭉개 버려요. 이번 경우에는 자신과 상반되는 것을 가차 없이 몰아낸 사람은 우리의 클래식 음악가들이었어요. 물론 고의는 아니었을 겁니다. 그렇게까지 말하고 싶지는 않아요. 우리의 클래식 선배들은 인간 자체로 보면 점잖은 사람들이었어요. 슈베르트는 파리 한 마리 죽이지 못하는 사람이었고, 모차르트는 가끔 좀 본데없이 굴긴 했지만 폭력적인 것과는 거리가 먼 섬세한 사람이었죠. 베토벤도 그런 사람이 아니었고요. 이따금 불같이 화를 내기는 했지만. 예를 들어 그는 피아노를 여러 대 박살 낸 전력이 있어요. 하지만 콘트라바스를 박살 낸 적은 없어요. 그건 나름 인정해 줘야 한다고 생각합니다. 물론 어차피 바스를 연주할 줄은 모르는 사람이었어요. 훌륭한 작곡가들 중에 콘트라바스를 연주할 수 있는 사람은 브람스가 유일했어요. 아니면 브람스의 아버지였든가. 베토벤은 피아노만 칠 줄 알았지 현악기는 손도 못 댔어요. 요즘 사람들은 잘 모르는 얘기죠. 그런데 모차르트는 베토벤과 달리 바이올린을 피아노만큼 수준급으로 연주했어요. 제가 아는 한 모차르트는 피아노 콘서트건 바이올린 콘서트건 자신이 작곡한 곡을 직접 연주할 수 있는 유일하고 위대한 작곡가였어요. 그 외엔 슈베르트 정도나 가능했죠. 꼭 해야 한다면요. 예, 꼭 해야 한다면요! 그런데 슈베르트는 그런 곡을 쓰지 않았어요. 게다가 슈베르트는 거장도 아니었어요. 결코 거장이라고 할 수 없어요. 성격적으로건 기술적으로건. 혹시 여러분은 슈베르트를 거장이라고 생각하시나요. 전 아니에요. 슈베르트는 목소리가 정말 매력적이에요. 솔로보다는 남성 합창단에 더 잘 어울리는 목소리지만요. 슈베르트는 한동안 매주 남성 4중창단에서 노래했어요. 그것도 극작가 네스트로이[9]와 함께요. 이건 아마 여러분도 몰랐을 겁니다. 네스트로이는 베이스 바리톤이었고, 슈베르트는…… 근데 제가 이걸 왜 이야기하고 있는 거죠? 원래 말하고자 하는 것과는 아무 상관도 없는 문제인데. 어쨌든 슈베르트가 중창단에서 어떤 파트를 맡았는지 정말 궁금하시다면 슈베르트의 아무 전기나 뒤져 보십시오. 그런 것까지 제가 알려 드릴 필요는 없을 것 같군요. 제가 무슨 고전 음악 방송의 진행자도 아니고.

콘트라바스는 멀리 떨어져 있을수록 더 잘 들리는 유일한 악기예요. 그런데 그게 문제예요. 여기를 둘러보세요. 곳곳이 방음 판 천지죠. 벽이건 천장이건 바닥이건 할 것 없이 곳곳에 방음 판을 붙여 놓았어요. 게다가 문은 이중문 구조에다 안쪽 공간까지 방음재로 채워 놓았어요. 창문도 방음 틀에 특수 유리를 덧댄 이중창이고요. 돈이 엄청 들었죠. 물론 그 덕분에 95퍼센트 이상의 방음 효과를 누리고 살죠. 지금 밖에서 나는 소리가 들리십니까? 제가 사는 이 집은 도심 한가운데에 있어요. 믿어지시나요? 잠시만요. 제가 보여 드리죠.

---

9 Johann Nestroy(1801~1862). 오스트리아의 희극 작가이자 배우로 서민적 감각과 기지가 넘치는 민중극으로 유명하다.

(창가로 가더니 창문을 연다. 순간 자동차 소리, 공사장에서 나는 소리, 쓰레기 수거하는 소리, 공기 드릴이 바닥을 뚫는 소리가 미친 듯이 쏟아져 들어온다.)

(그가 큰 소리로 말한다.)

…… 들리시나요, 저 소음들? 베를리오즈의 「테 데움」[10]만큼이나 시끄러워요. 어떻게 견딜까 끔찍할 정도죠. 저 건너편에서는 지금 호텔을 헐고 있고, 저 앞 사거리에서는 2년 전부터 지하철역 공사를 하고 있어요. 그 바람에 우리 집 있는 쪽으로 차들이 우회하고 있죠. 게다가 오늘은 마침 수요일이네요. 쓰레기 수거하는 날이라고요. 저 소리 들리시죠? 리듬에 맞춰 무언가 쿵쿵 떨어지는 소리…… 저건 또 어때요? 콘크리트를 뚫는 저 윙윙거리는 소리? 102데시벨쯤 되더군요. 정말이에요. 제가 직접 재어 봤어요. 이 정도면 제 집의 방음 효과를 충분히 짐작하시겠죠? 그럼 창문을 닫겠습니다.

(창문을 닫는다. 순식간에 조용해진다. 그가 다시 목소리를 낮춰 말한다.)

10 신에게 감사를 표하는 찬송가. 특히 프랑스 작곡가 베를리오즈의 「테데움」은 웅장하기로 유명하다.

…… 자, 이제는 여러분도 더 이상 할 말이 없을 겁니다. 이게 진정한 방음 효과죠. 간혹 옛날 사람들은 이런 집에서 어떻게 살았을지 궁금할 때가 있어요. 그런데 옛날이 요즘보다 소음이 덜했을 거라고는 생각하지 마세요. 그건 오해예요. 바그너가 예전에 이런 글을 썼어요. 파리를 다 뒤졌는데도 자신이 조용하게 살 만한 집을 찾지 못했다고. 골목마다 양철공이 꼭 하나씩은 있었거든요. 제가 알기로는 당시 파리 인구가 100만 명이 넘었어요. 정말이에요! 게다가 양철공이 작업하는 소리를 혹시 들어 보셨는지 모르겠지만 음악가에게 지옥 같은 소음이 있다면 아마 그 소리일 겁니다. 양철 같은 금속을 망치로 쿵쿵 내려치는 소리를 하루 종일 들어야 한다고 생각해 보세요! 당시 사람들은 해가 뜰 때부터 해가 질 때까지 일했어요. 어쨌든 명목상으로는요. 거기다 포석 도로를 지나다니는 마차들의 덜커덩 소리, 시장 상인들의 고함 소리, 누군지는 몰라도 서로 악다구니를 부리며 싸우는 소리, 그리고 프랑스 민중들이 일으킨 혁명의 소리가 끊이질 않았어요. 그뿐이 아니에요. 파리 지하철 공사는 19세기 말부터 시작되었는데, 설마 그때가 지금보다 훨씬 조용하게 공사를 했을 거라고는 생각하시지 않겠죠? 바그너는 제가 딱히 좋아하는 사람도 아니고 하니 이 얘기도 이쯤에서 마무리하겠습니다.

자, 이제 집중해 주세요! 작은 실험을 하나 해볼 겁니다. 제 바스는 평범해요. 제작 연도는 1910년 무렵이고, 제작 장소는 남부 티롤로 추정됩니다. 몸체 길이는 1.12미터, 저 위 꼭대기 스크롤까지는 1.92미터, 현의 길이는 112센티미터 예요. 질적으로 아주 뛰어난 악기라고는 할 수 없지만, 중상 정도는 됩니다. 요즘은 이걸 사려면 8,500마르크는 줘야 할 겁니다. 저는 3,200마르크에 샀죠. 역시 미쳤죠. 뭐 어쩌겠 어요. 아무튼 이제 한 음을 들려 드릴 겁니다. 낮은 파 음입 니다.

(나직이 연주한다.)

······ 어떻습니까? 이건 피아니시모, 즉 매우 여리게 연주 한 겁니다. 이제 이걸 한번 들어 보세요. 피아노, 즉 여리게 연주할 겁니다.

(조금 더 크게 연주한다.)

······ 현이 긁히는 소리는 신경 쓰지 마세요. 원래 그래요. 활을 켤 때의 마찰음 없이 순수한 소리나 울림만 내는 악기 는 이 세상 어디에도 없답니다. 그건 예후디 메뉴인이 와서 연주해도 마찬가지입니다. 원래 그래요. 자, 이제 다시 집중 해 주세요. 메조 포르테와 포르테 사이를 연주할 겁니다. 그 리고 앞서 말했듯이 여기가 완벽하게 방음이 이루어진 방이 라는 걸 염두에 두시고······.

(한층 더 크게 연주한다.)

…… 자, 이제 조금만 기다려 봅시다. 어떤 일이 생기는 지…… 조금만…… 그래요, 조금만 더 기다려 봅시다.

(천장에서 톡톡 치는 소리가 들린다.)

…… 예, 이거요! 들으셨죠? 위층에 사는 니마이어 부인이 두드린 소리예요. 아주 작은 소리만 들려도 저렇게 바닥을 톡톡 치죠. 그러면 저는 메조 포르테의 경계를 벗어나서 연주했다는 걸 알아차리죠. 평소에는 친절한 부인이에요. 그런 데 이 소리를 옆에서 들으면 그렇게 크게 느껴지지 않아요. 오히려 은은하게 들린다고 할까! 자, 이번에는 포르티시모 를 연주해 보겠습니다. 잠깐만요…….

(최대한 크게 연주하면서 바스 소리에 묻히지 않으려고 더 큰 목소리로 이야기한다.)

…… 엄청나게 크지는 않은 것 같은데도 이 소리는 이제 위층뿐 아니라 맨 아래층의 건물 관리인과 옆집까지 울려 퍼 져 나갑니다. 그래서 나중에 다들 저한테 전화를 해서 시끄 럽다고 난리죠.

예, 저는 이걸 이 악기의 관통력이라고 불러요. 깊은 울림에서 나오는 힘이죠. 사실 소리 자체만 놓고 보면 플루트나 트럼펫이 콘트라바스보다 더 큽니다. 하지만 이 악기들엔 관통력이 없어요. 그래서 멀리까지 퍼져 나가지를 못해요. 미국인들은 이걸 보디감이라고 부르는데, 그게 없죠. 저는 있어요. 정확히 얘기하면 이 악기는 있어요. 제가 이 악기를 사랑하는 것도 그 때문이고요. 사실 그것만 빼면 이 악기는 정말 아무것도 없어요. 나머지는 재앙이나 마찬가지죠.

(「발퀴레」[11] 서곡을 튼다.)

「발퀴레」 서곡입니다. 마치 백상어가 스르르 다가오는 것 같은 느낌의 곡이죠. 여기서 콘트라바스와 첼로는 동일한 멜로디를 연주하고 있습니다. 옥타브만 다르죠. 아마 콘트라바스는 악보의 50퍼센트 정도만 연주하고 있을 겁니다. 방금 이건…….

(바스 선율에 따라 흥얼거린다.)

…… 연이어 치고 올라가는 음입니다. 다섯잇단음표와 여섯잇단음표죠. 대여섯 개의 음이 연달아 이어진다는 말입니다. 그것도 무척 빠른 속도로요. 이걸 음표대로 연주하는 건

---

11 바그너가 작곡한 오페라. 4부작 악극인 「니벨룽겐의 반지」의 제2부에 해당하는 작품이다.

절대 불가능해요. 그래서 연주자는 음들을 그냥 연결해서 쑥 밀어 올려 버려요. 바그너도 그걸 알고 있었는지는 확인할 길이 없지만, 아마 몰랐을 가능성이 커 보입니다. 그 사람은 그런 데 전혀 관심이 없었거든요. 게다가 원래 오케스트라를 무시하는 사람이었어요. 그래서 바그너가 지었다는 바이로이트 축제 극장의 내부도 명목상으로는 음향을 최대한 배려했다고 하지만, 실제로는 오케스트라를 우습게 여긴 티가 역력해요. 바그너에게 중요한 건 소리였어요. 극장 음악 말입니다. 예를 들면 배경 음악이나 종합 예술 같은 것들이죠. 개별 음은 전혀 중요하지 않았어요. 그건 베토벤의 6번 교향곡도 마찬가지예요. 오페라 「리골레토」의 마지막 장도 마찬가지고요. 뇌우가 내리치면 작곡가들은 떠오른 악상을 휘갈기듯 써내려 가요. 이 세상 어떤 바스 주자도 연주하지 못할 악보를요. 정말이에요. 누구도 연주할 수 없어요. 그런 식의 일부 악보는 우리에겐 정말 너무 무리한 요구예요. 그래도 우린 젖 먹던 힘까지 내서 열심히 노력해요. 원래 그렇게 생겨먹은 인간들이거든요. 저는 공연이 끝나면 늘 땀에 흠뻑 젖어요. 그렇다고 중간에 셔츠를 갈아입을 수도 없어요. 오페라 연주를 마치면 평균 2리터 정도의 수분이 빠져요. 심포니오케스트라 공연 때는 1리터가 더 빠지고요. 제가 아는 바스주자 중에는 조깅과 근력 운동으로 체력을 키우는 동료들이 있어요. 물론 저는 안 해요. 이러다 언젠가 오케스트라 연주 중에 풀썩 쓰러져 다시는 일어나지 못하겠죠. 아무튼 콘트라바스 연주는 결국 체력 싸움이에요. 음악적 역량과는 아무 상관이 없어요. 콘트라바스를 연주하는 어린아이들이 없는 것도 그 때문이에요. 저는 열일곱 살 때부터 시작했어요. 지금은 서른다섯이고요. 시작도 자발적이라기보다는 처녀가 사고를 쳐서 아이를 가진 것처럼 우연에 가까웠어요. 리코더, 바이올린, 트롬본, 딕시랜드 재즈를 거쳐 시작하게 된 일이죠. 그러고 보니 벌써 오래된 얘기네요. 이젠 재즈에 관심조차 없어요. 아무튼 제가 아는 한 콘트라바스를 하는 사람들 중에 자발적으로 시작한 사람은 없어요. 하긴 당연하지 않겠어요? 생각해 보세요. 이 악기는 그 큰 덩치 때문에 다루기가 무척 힘들어요. 뭐라고 해야 하나, 악기라기보다는 주체를 못 하는 짐 같다고 해야 할까! 우선 들고 다닐 수가 없어요. 질질 끌고 다녀야 해요. 게다가 바닥에 쓰러지기라도 하면 무게 때문에 쉽게 망가져요. 차에 실을 때도 조수석 의자를 떼어 내야만 간신히 들어가요. 이거 하나만 실어도 차가 꽉 차버리고요. 집에서는 또 어떤데요. 안 그래도 좁은 방에 공간을 많이 차지하고 있어서 무슨 상전처럼 항상 피해 다녀야 해요. 녀석은 늘 저렇게…… 우두커니 서 있기만 해요. 피아노하고는 또 달라요. 피아노는 가구라고 할 수 있죠. 뚜껑만 덮으면 그냥 잊고 지낼 수 있어요. 콘트라바스는 안그래요. 녀석은 자리만 차지하는 게 아니라 항상 무언가를 바라는 게 있는 것 같은…… 예전에 삼촌이 한 분 계셨어요. 늘 몸이 아파서 입만 열만 아무도 자기를 돌봐 주지 않는다고 하소연을 했죠. 콘트라바스도 딱 그 격이에요. 손님들이 오면 녀석은 즉시 스포트라이트를 받아요. 다들 녀석 이야기만 해요. 여자와 단둘이 있을 때도 녀석은 모른 척하지 않고 우리가 무슨 짓을 하는지 감시해요. 우리 둘 사이에 뭔가 분위기가 무르익기라도 하면 녀석은 두 눈 똑바로 뜨고 꼭 우리를 구경하는 것 같아요. 그게 어떤 느낌인지 아세요? 마치 바보 같은 짓을 하는 우리를 놀리는 듯한 그런 느낌이에요. 이 감정은 당연히 여자 파트너에게도 옮겨지죠. 그러면 어떤 일이 벌어질까요? 아시다시피 육체적 사랑과 바보 같은 짓 사이에는 백지장 하나 차이밖에 없어요. 그런 감정이 들면 정말 참담해지면서 분위기가 확 깨져요. 화나는 일이죠. 잠시 실례하겠습니다.

(음악을 끄고 맥주를 마신다.)

…… 저도 압니다. 얘기가 자꾸 옆길로 샌다는 걸. 원칙적으로 보면 여러분하고는 아무 상관이 없는 얘기죠. 어쩌면 제 얘기가 부담스러웠을지도 모르겠군요. 하지만 다들 자기 분야에서 나름의 문제가 있지 않나요? 그런 측면에서 제가 잠시 흥분한 걸 양해해 주시기 바랍니다. 국립 오케스트라 단원이라면 최소한 여자 문제로 고민하는 일은 없을 거라고 생각하실지 몰라 이 말은 분명히 해두고 싶습니다. 저는 지난 2년 동안 전혀 여자를 만나지 못했습니다. 모두 이 녀석

때문이죠. 마지막으로 여자를 만난 게 1978년이었습니다. 그때 저는 녀석을 욕실에 숨겨 두었습니다. 하지만 소용이 없었어요. 녀석의 정신은 마치 늘임표처럼 우리의 머리 위에 둥둥 떠 있었으니까요.

다시 여자를 만난다면…… 벌써 서른다섯이라 힘들 수도 있지만…… 그래도 저보다 인물이 변변찮은 남자들도 있고 신분도 공무원이고 하니 아직 사랑에 빠질 가능성은 얼마든지 있을 거라고 생각합니다.

눈치를 채셨는지 모르지만…… 저는 지금 사랑에 빠져 있습니다. 물론 착각일 수도…… 아무튼 아직 여자분은 모르고 있습니다. 그분은 — 제가 아까 말씀드린 — 오페라단의 젊은 가수 사라입니다……. 지금으로 봐선 그럴 가능성이 별로 없어 보이지만 그래도 혹시, 정말 혹시, 우리 사이가 그렇게까지 발전한다면 저는 꼭 여자 집으로 가자고 할 겁니다. 아니면 호텔이나 야외도 괜찮고. 비만 오지 않는다면요.

말이 나왔으니 말인데, 콘트라바스 이 녀석이 견디지 못하는 게 하나 있어요. 비예요. 비가 내리면 녀석은 소리가 죽거나, 아니면 늘어져요. 습기 때문에 몸통이 부풀어 오르고 눅눅해져서 그렇죠. 어쨌든 녀석은 비를 안 좋아해요. 그건 추위도 마찬가지예요. 날이 추우면 몸통이 오그라들어요. 그러면 연주하기 최소한 두 시간 전부터는 서서히 몸을 데워 줘야 해요. 제가 예전에 실내악단에 있을 때는 이틀에 한 번꼴로 지방에 내려가야 했어요. 성이나 교회 같은 곳에서 공연이 있었거든요. 그런데 그럴 때마다 제가 얼마나 난리를 쳐야 했는지 아마 모를 겁니다. 일단 저는 제 폭스바겐을 타고 남들보다 몇 시간 먼저 출발해야 해요. 그런 다음 콘트라바스의 온도를 맞추려고 허름한 여관이나 교회 제의실 난로 앞에 앉아 마치 늙은 환자처럼 녀석을 꼭 부둥켜안고 보살폈죠. 그래요, 우린 많은 것을 함께했어요. 그게 우리 사이에 사랑을 만들어 냈고요. 한번은, 그러니까 정확하게는 1974년 12월이었어요, 그때 우린 에탈과 오베라우 사이의 국도에서 눈 폭풍 때문에 발이 묶였어요. 저는 견인차를 기다리던 두 시간 동안 외투를 벗어 녀석에게 주고는 제 체온으로 녀석을 데워 주었어요. 덕분에 연주회 때 녀석의 컨디션은 괜찮았어요. 대신 제가 지독한 감기로 고생했죠. 실례가 되지 않는다면 맥주 한 모금 마시겠습니다.

장담컨대 애당초 콘트라바스 주자가 되려고 태어난 사람은 없습니다. 온갖 종류의 좌절과 우회를 반복하다 보니 어쩌다 여기에 닿게 된 것뿐이죠. 감히 말씀드리자면 우리 국립 오케스트라의 콘트라바스 주자 여덟 명 가운데 삶의 굴곡을 겪지 않은 사람은 하나도 없습니다. 다들 하나같이 기구한 사연이 얼굴에 적혀 있어요. 그런 운명의 전형적 보기가 바로 접니다. 아버지는 공무원이었는데, 권위적이었어요. 음악에는 전혀 관심이 없었죠. 반면에 어머니는 여린 분이었어요. 음악적으로 재능이 있어서 플루트를 연주하셨죠. 저는 어릴 때 어머니를 우상처럼 숭배하고 사랑했어요. 하지만 어머니는 아버지를 사랑했고, 아버지는 제 여동생을 사랑했어요. 저를 사랑한 사람은 아무도 없어요. 물론 저의 주관적인 생각일 수 있지만. 아무튼 저는 아버지에 대한 증오로 공무원이 아니라 예술가가 되기로 결심했고, 어머니에 대한 복수로는 세상에서 가장 크고 다루기 힘들며 가장 솔로를 하기 어려운 악기를 골랐습니다. 게다가 어머니의 마음을 아프게 하는 동시에 아버지에게는 회심의 일격을 가하려고 공무원이 되었습니다. 국립 오케스트라의 제3열에 앉은 콘트라바스 주자가 되었다는 말이죠. 저는 외모 면에서 가장 거대하며 여성적인 악기에 해당하는 이 콘트라바스를 연주하면서 매일같이 어머니를 범했습니다. 상징적 차원에서 진행된 이 끝없는 근친상간은 당연히 매번 도덕적으로 저를 무척 힘들게 했죠. 물론 저만 그런 것은 아닙니다. 그런 도덕적 참사의 그림자는 우리 바스 주자들의 얼굴에도 하나같이 드리워져 있어요. 이게 바로 이 악기의 정신 분석학적 측면입니다. 물론 별로 도움이 안 되는 인식이긴 하지만요. 사실 정신 분석학은…… 이미 효력이 끝났어요. 정신 분석학이 실패작이라는 건 오늘을 사는 우리는 다 압니다. 정신 분석학 스스로도 그걸 알고요. 거기엔 두 가지 이유가 있죠. 첫째, 정신 분석학은 자신이 해결할 수 있는 것보다 훨씬 더 많은 질문을 제기합니다. 비유하자면 자기 머리를 자를 때마다 머리가 배로 더 생겨나는 신화 속의 히드라와 비슷한 꼴이죠. 이거야말로 정신 분석학이 스스로를 질식시키는, 절대 해결할 수 없는 내적 모순입니다. 두 번째 이유는 정신 분석학이 요즘 진부해졌다는 겁니다. 오늘날엔 정신 분석학을 모르는 사람이 없어요. 우리 오케스트라 단원 126명 가운데 현재 정신과 치료를 받는 사람이 절반이 넘어요. 이걸 보면 짐작하듯이, 100여 년 전에는 정말 센세이셔널한 과학적 발견이었거나 그에 가까웠던 것이 요즘은 아무도 특별히 감동하지 않는 평범한 것이 되어 버렸죠. 여러분은 오늘날 인구의 10퍼센트가 우울증을 앓고 있다는 사실이 놀라운가요? 저는 놀랍지 않습니다. 거 보세요. 저는 정신 분석을 하지 않고도 그런 판단을 내립니다. 그런데 100년이나 150년 전에 정신 분석이 있었더라면 어땠을까 하는 생각을 해봅니다. 그랬다면 예를 들어 바그너의 경우 우리는 그의 성취 중 일부를 누리지 못했을지 모릅니다. 바그너는 과민한 신경증 환자였어요. 그의 가장 위대한 작품으로 꼽히는 트리스탄이 어떻게 만들어졌는지 혹시 알고 계신가요? 친구 아내와 몰래 정사를 했기 때문에 탄생할 수 있었습니다. 그것도 바그너를 수년 동안 먹여 살린 친구의 아내였죠. 수년 동안이나요. 바그너는 친구를 배신한 그런 추악한 행동을 스스로 역겨워했기에 시대를 통틀어 가장 위대한 사랑의 비극이라 일컬어지는 그 작품을 만들 수 있었습니다. 완벽한 승화를 통해 완벽하게 죄책감을 떨쳐 낸 것이죠. 〈지고의 쾌락〉 운운하면서요. 그때만 해도 불륜은 예사로운 일이 아니었습니다. 이런 상상을 해봅시다. 바그너가 당시 정신 분석학자를 찾아가 자신의 문제를 털어놓는 거죠. 그랬다면 어떻게 됐을까요? 한 가지는 분명할 것 같아요. 트리스탄은 결코 이 세상에 나오지 못했을 거라는 거죠. 그건 분명해요. 그 작품을 쓸 만한 신경병적 증세가 충분하지 않았을 테니까요. 게다가 바그너는 아내를 때렸어요. 첫 번째 부인을요. 두 번째 부인한테는 손을 대지 않았어요. 그건 분명해요. 첫 부인한테만 폭력을 썼어요. 몹쓸 인간이죠. 한편으로는 과하다 싶을 만큼 친절하고 매력적이지만, 다른 한편으로는 몹쓸 인간이죠. 제 생각에는 아마 자신도 스스로를 좋아하지 않았을 것 같아요. 게다가 얼굴에 발진을 달고 살았어요. 혐오스러울 정도로요. 하지만 여자들은 그를 좋아했어요. 그것도 떼거리로요. 남자로서 여자를 끄는 강한 매력이 있는 게 분명해요. 그게 뭔지는 모르겠지만…….

(생각에 잠긴다.)

…… 음악에서 여자의 역할은 별것 없어요. 음악을 만드는 창조적 과정, 즉 작곡 영역에서 말이죠. 아닌 것 같아요? 그럼 이름 있는 여성 작곡가를 한 명이라도 대보세요! 단 한 명이라도! 거 봐요, 없잖아요. 그런 생각조차 해본 적이 없으시죠? 이제 한번 해보세요. 음악 영역 전반에서 여성적인 것에 대해서 말이죠. 사실 콘트라바스는 여성적인 악기예요. 문법적으로는 남성이지만[12] 악기 자체의 특성으로 보면 여

12 독일어의 모든 명사는 문법적인 성이 있다. 남성, 여성, 중성으로 나뉘

성이죠. 그러면서도 굉장히 진지한 악기예요. 연상되는 감정에 따르면 죽음도 그 잔인성 때문에, 혹은 이렇게 말해도 된다면 불가피한 모태성 때문에 여성적이에요. 다른 한편으론 삶의 원칙이나 생산성, 어머니 대지의 보완이기도 하고요. 제 말이 맞나요? 다시 음악 얘기로 돌아가자면, 이런 기능 속에서 콘트라바스는 죽음의 상징으로서 절대적인 무와 맞서 싸웁니다. 음악과 삶이 똑같이 가라앉을 처지에 있는 절대적 무와 말입니다. 그런 면에서 우리 콘트라바스 주자들은 지하 명부의 문지기인 케르베로스와 비슷합니다. 아니면 달리 표현해서 음악의 온갖 감각적 짐을 어깨에 지고 산꼭대기에 올라갔다가 내려오기를 영원히 반복하는 시시포스 같다고 할 수 있죠. 각자 편하게 상상해 보세요. 사람들한테 경멸당하고, 침 세례를 받고, 거기다 간까지 쪼아 먹히는…… 아, 이건 딴 사람 얘기군요. 독수리한테 간을 쪼아 먹힌 건 프로메테우스죠! 그건 그렇다 치고, 지난여름 우리는 국립 오페라단과 함께 남프랑스의 오랑주로 갔어요. 페스티벌이 있었거든요. 우리는 「지크프리트」[13] 특별 공연을 했는데, 어땠는지 아세요? 공연 장소는 2,000년 가까이 된 오랑주 원형 극장이었어요. 아우구스투스 황제 치하, 그러니까 인류사에서 문명이 활짝 꽃피웠던 시기에 지어진 고전적 건축물이죠. 이 극장에서 게르만의 신족(神族)은 미친 듯이 무대를 뛰어다녔

___
는데, 콘트라바스는 남성이다.
　13 바그너가 작곡한 「니벨룽겐의 반지」의 제3부를 바탕으로 만든 것.

고, 용은 불을 내뿜고, 지크프리트는 무대 위를 거들먹거리며 돌아다녔어요. 프랑스인들이 경멸하듯이 부르는 뚱뚱하고 우악스러운 〈독일 것들〉의 모습 그대로였죠. 우리는 일인당 1,200마르크를 받는데, 그날 공연은 제가 기껏해야 악보의 5분의 1밖에 연주하지 못할 정도로 처참했어요. 나중에, 그러니까 공연이 끝나고 난 다음에 우리가 어쨌는지 아세요? 우리 오케스트라 단원들 모두가 떡이 되도록 술을 마셨어요. 그러고는 시정잡배처럼 난동을 피웠어요. 새벽 3시까지 고래고래 고함을 지르며 노래를 불렀죠. 프랑스 사람들이 미친 〈독일 것들〉이라고 불러도 딱히 할 말이 없을 정도로 개판을 쳤죠. 결국 경찰이 왔어요. 우린 그만큼 절망한 상태였죠. 아쉽게도 오페라단은 우리와 함께 움직이지 않고 다른 데서 술을 퍼마셨어요. 사라, 그래요, 이제 이 이름 기억하시죠? 젊은 여가수 말이에요. 사라도 오페라단과 같이 움직였죠. 공연에서는 「숲속의 작은 새」를 불렀는데, 가수들과 다른 호텔에 묵었어요. 그렇지 않았으면 우린 어쩌면 만났을지도…….

예전에 지인 중에 여가수와 사귄 친구가 있어요. 1년 반 정도 만난 걸로 아는데, 남자는 첼리스트였어요. 첼로는 사실 바스만큼 그렇게 크지 않아서 다루기가 어렵지 않아요. 그런 만큼 사랑하는 사이든, 사랑하려고 하는 사이든 중간에 끼어들어 훼방 놓는 일이 없죠. 게다가 첼로는 독주 파트가 제법 많아요. 예를 들어 차이콥스키의 피아노 협주곡, 슈만의 심포니 4번, 베르디의 「돈 카를로스」 같은 작품에 그런 파트가 있죠. 그런 점에서 이 악기는 제법 위신이 서요. 아무튼 제가 말씀드리고 싶은 것은 제 지인이 그 여가수 때문에 완전히 망가졌다는 겁니다. 남자는 애인의 노래를 반주해 주려고 피아노를 배워야 했어요. 여자가 사랑이라는 이름으로 아무렇지도 않게 그걸 요구한 거죠. 그래서 남자는 정말 얼마 지나지 않아 자신이 사랑하는 여자의 반주자가 되었어요. 그것도 신통찮은 반주자요. 둘이 함께 무대에 서면 여자의 노래는 늘 남자의 반주를 압도했어요. 그러다 보니 여자는 남자를 우습게 여겼어요. 이것이 바로 사랑이라는 둥근달의 이면이죠. 사실 첼로에 관한 한 남자는 훌륭한 연주자였어요. 여자의 메조소프라노 솜씨보다 훨씬 뛰어났죠. 비교가 안 될 정도로요. 하지만 남자는 무조건 반주를 했어요. 사랑하는 사람과 함께 공연을 하고 싶었거든요. 사실 첼로와 소프라노는 같이할 수 있는 작품이 별로 없어요. 아니, 거의 없죠. 아마 소프라노와 콘트라바스만큼 없지 않을까 싶어요.

사실 저는 무척 외로워요. 일이 없으면 대개 혼자 집에서 LP를 듣거나 가끔 바스 연습을 해요. 별로 재미가 없죠. 늘 똑같으니까. 오늘 저녁엔 「라인의 황금」 초연이 있어요. 객원 지휘자 카를로 마리아 줄리니가 지휘를 하는데, 총리까지 온다고 해요. 맨 앞줄에 앉겠죠. 제일 비싼 좌석이 350마르크라고 하는데, 미쳤죠. 하지만 그런 건 관심 없어요. 아무려면 어때요. 저는 연습도 하지 않는걸요. 「라인의 황금」 공연에서 우리 바스 주자는 여덟 명인데, 각자 어떻게 연주하는 지는 별로 중요하지 않아요. 수석 주자만 웬만큼 연주하면 나머지는 그냥 따라가기만 하면 됩니다……. 사라도 무대에 서요. 여자 주인공 중 하나인 벨군데 역이에요. 사라에겐 큰 역할이에요. 이름을 알릴 좋은 기회이기도 하고요. 물론 바그녀 작품으로 이름을 알린다는 게 좀 그렇기는 합니다. 하지만 어쩌겠어요? 본인이 작품을 고를 수는 없으니까. 그건 우리도 그렇고 가수도 마찬가지예요. 보통 우리는 10시부터 1시까지 리허설을 하고, 그다음에는 저녁 7시부터 10시까지 본 공연을 해요. 중간에 비는 시간 동안 저는 집에 있어요. 주로 여기 이 방음실에요. 우선 저는 연습하느라 빠진 수분을 보충하려고 맥주를 한잔해요. 어떤 때는 이 녀석을 저 맞은편 등나무 의자에 앉혀 놓기도 해요. 활은 그 옆에 비스듬히 기대 놓고요. 그러고는 여기 소파에 앉아 녀석을 물끄러미 바라보며 이런 생각을 해요. 참 끔찍한 악기구나! 보세요, 그런 마음이 안 들겠는지! 정말 제대로 한번 살펴보세요! 꼭 뚱뚱한 노파 같아요. 히프는 축 처지고, 허리는 한마디로 참 사죠. 충분히 가늘지 않고 게다가 길기까지 해요. 어깨 부분은 어떻고요. 좁고 곱사등이처럼 축 늘어져 있어요. 미치고 환장할 노릇이죠. 이렇게 된 건 콘트라바스가 발전사적으로 잡종이라서 그래요. 위쪽은 커다란 바이올린 같고, 아래쪽은 커다란 비올라 다 감바[14] 같아요. 한마디로 지금까지 발명된

14 16~17세기에 유럽에서 널리 사용된, 비올 속(屬)에 속하는 저음부의

모든 악기 중에서 가장 못생기고 둔하고 기품 없는 악기예요. 괴물이죠. 가끔 저는 녀석을 박살 내고 싶을 때가 있어요. 톱으로 썰고 도끼로 찍은 다음 토막 내고 갈아서 아예…… 난로에 넣고 태워 버렸으면 하는 마음이 들어요! 그래요, 저는 이 녀석을 사랑하지 않아요. 절대 사랑한다고 할 수 없어요. 또 연주는 얼마나 힘든데요. 반음 세 개를 짚으려면 손가락을 쫙 펴야 해요. 겨우 반음 세 개 짚는 데 말이에요. 보여 드릴까요?

(반음 세 개를 연주한다.)

한 현을 밑에서부터 위로 연주할 경우엔…….

(연주한다.)

…… 손가락 포지션을 열한 번이나 바꿔야 해요. 오롯이 체력 싸움이죠. 현 하나하나를 미친 사람처럼 눌러야 해요. 제 손가락 좀 보세요. 여기 손가락 끝에 굳은살 보이시나요? 지문 부분이 돌처럼 딱딱해요. 감각이 없을 정도예요. 얼마 전 손가락에 화상을 입은 적이 있는데, 처음엔 아무것도 느끼지 못하다가 나중에 굳은살에서 타는 냄새를 맡고서야 알아차렸죠. 자해 행위나 마찬가지죠. 아무튼 대장장이의 손가

옛 현악기. 첼로와 같이 다리 사이에 끼고 연주한다.

락 끝도 이만큼 딱딱하지는 않을 겁니다. 사실 제 손은 남자치고 꽤 고운 편이에요. 이런 악기에는 어울리지 않죠. 트롬본에나 어울릴까? 아무튼 처음엔 오른팔에 근력이 없어서 고생 좀 했어요. 활을 쓰려면 근력이 필수적이거든요. 오른팔에 힘이 없으면 이 빌어먹을 악기로는 아름다운 소리는 고사하고 평범한 소리 하나 제대로 내기 어려워요. 바꾸어 말하면 이 악기에서는 아름다운 소리를 끄집어낼 수 없다는 말이에요. 그 안에 아름다운 소리가 담겨 있지 않기 때문이죠. 그건…… 소리가 아니에요. 음악적인 소리가 아니에요. 이렇게까지 이야기하고 싶지는 않지만, 굳이 말하자면 이 안에 있는 건…… 소리의 영역에서 가장 못난 소리예요. 어떤 누구도 콘트라바스로는 아름답게 연주할 수 없어요. 아름다움의 영역이 존재한다면 말이죠. 아무리 위대한 솔리스트가 와도 안 돼요. 그건 연주자의 역량이 아니라 악기의 물리학적 문제니까요. 콘트라바스에는 오버톤이 없어요. 그냥 그런 소리가 안 나요. 그래서 항상 끔찍하게 들리죠. 항상요. 그 때문에 콘트라바스로 솔로 연주를 하는 건 바보 같은 짓이에요. 150여 년 전부터 꾸준히 연주 테크닉이 발전해 왔고, 콘트라바스를 위한 협주곡이나 솔로 소나타와 모음곡이 만들어졌는데도 말이죠. 설사 하늘에서 천재가 뚝 떨어져 바흐의 변주곡이나 파가니니의 기악곡을 콘트라바스로 연주한다고 해도 끔찍한 소리밖에 만들어 내지 못해요. 악기의 톤 자체가 끔찍하기 때문이죠. 자, 이제 여러분에게 콘트라바스의 표준 곡이라 할 수 있는, 아니 어쩌면 가장 훌륭한 작품이라 할 수 있는 곡을 들려 드리겠습니다. 콘트라바스를 위한 최고의 협주곡으로 꼽히는데, 카를 디터스 폰 디터스도르프[15]가 만들었습니다. 잘 들어 보시길…….

(디터스도르프의 마장조 협주곡 1악장 음반을 올려놓는다.)

…… 네, 이런 곡이에요. 콘트라바스와 오케스트라의 마장조 협주곡이죠. 디터스도르프의 원래 이름은 디터스예요. 카를 디터스요. 1739년부터 1799년까지 살았죠. 별도로 산림 감독관 일도 했고요. 자, 이제 솔직히 말씀해 주시겠어요? 어때요, 아름다웠나요? 다시 듣고 싶으신가요? 작곡의 질이 아니라 소리의 질을 묻는 겁니다. 구체적으로는 카덴차[16] 말이죠. 이 부분만 다시 한번 들어 보시겠어요? 콘트라바스 솔로 파트는 정말 웃기지도 않아요. 전체 곡의 분위기는 눈물이 나는데 말입니다. 바스 연주는 평이 좋은 일류 솔리스트가 했어요. 이름은 말씀드리지 않겠습니다. 그 사람 탓이 아니니까요. 그렇다고 디터스도르프 탓도 아닙니다. 당시 작곡

---

15 Karl Ditters von Dittersdorf(1739~1799). 오스트리아의 작곡가로 각지의 궁정 악장으로 있었고 바이올린의 명수로 알려졌다. 수많은 교향곡과 협주곡 그리고 오페라 등을 작곡하였다.

16 악곡이 끝나기 직전의 기교적이고 화려한 솔로 연주. 협주곡의 경우 보통 제1악장이나 최종 악장이 끝나기 직전에 삽입한다. 여기서는 콘트라바스 솔로 파트를 말한다.

가들은 정말 많은 곡을 썼어요. 저 위의 높은 분들이 쓰라고 하면 어쩔 수 없이 썼죠. 그중에서도 디터스도르프는 놀랄 정도로 많이 썼어요. 그에게 대면 모차르트도 부끄러울 정도죠. 심포니가 무려 100곡이 넘고, 오페라는 30곡, 피아노 소나타와 자잘한 소곡도 많고, 협주곡도 35곡이나 썼어요. 우리가 들었던 콘트라바스를 위한 협주곡도 그중 하나죠. 지금껏 음악사에서 콘트라바스와 오케스트라의 협주곡은 50편이 넘어요. 모두 별로 유명하지 않은 작곡가들이 만들었죠. 혹시 요한 슈페르거라고 들어 보셨나요? 도메니코 드라고네티는요? 보체시니는요? 지만들, 쿠세비츠키, 호틀, 반할, 오토 가이어, 호프마이스터, 오트마르 클로제는요? 이 중에 혹시 아는 이름이 하나라도 있나요? 이들은 모두 콘트라바스 대가예요. 기본적으로 모두 저하고 같아요. 콘트라바스 주자라는 말이죠. 다만 악기에 대한 절망감에서 작곡으로 넘어간 것뿐이에요. 협주곡도 상황이 비슷해요. 제대로 된 작곡가라면 콘트라바스를 위한 협주곡은 쓰지 않아요. 그런 협주곡을 쓰기엔 미적 감각이 너무 뛰어난 거죠. 혹시라도 콘트라바스를 위한 곡을 쓴다면 그냥 장난삼아 쓰는 것뿐이에요. 모차르트의 짧은 미뉴에트가 그랬죠. 쾨헬 번호 334번인데 정말 웃기지도 않아요. 생상스의 「동물 사육제」에 나오는 5악장 「코끼리」도 그래요. 피아노에 맞춰 콘트라바스가 알레그레토 폼포소[17] 풍으로 1분 30초 동안 솔로 연주를 하는데, 웃기

17 조금 빠르면서 장중하게 연주하라는 음악 용어.

지도 않아요. 리하르트 슈트라우스의 「살로메」에서도 살로메가 빗물 통을 들여다보면서 다음과 같이 말하는 장면에서 5악장의 콘트라바스 경과구가 나와요. 〈저 밑은 온통 시커멓구나! 저렇게 시커먼 구멍 속에 산다는 건 너무 끔찍해. 지하 감옥 같아.〉 5악장의 이 콘트라바스 경과구는 아주 섬뜩한 효과를 줘요. 관객들은 머리칼이 쭈뼛 서죠. 연주자도 마찬가지고요. 웃기지도 않죠!

솔직히 실내악은 해보고 싶습니다. 재미있을 것 같아요. 하지만 어느 5중주단이 콘트라바스 주자를 받겠습니까? 그럴 필요가 없는 일이에요. 바스 주자가 정 필요하면 그때그때 돈을 주고 잠시 쓰면 됩니다. 그건 7중주단이나 8중주단도 마찬가지예요. 저 같은 사람을 전속으로 쓰지는 않아요. 독일에는 어디건 가리지 않고 연주할 수 있는 바스 주자가 두 명, 아니 세 명 있어요. 한 명은 콘서트 에이전트가 따로 있어서 그렇고, 다른 한 명은 필하모니 소속이라서 그렇고, 나머지 한 명은 빈 음대 교수라서 그래요. 우리 같은 것들은 이런 사람들과 경쟁이 안 됩니다. 실내악 중에서 드보르자크의 5중주는 정말 아름다워요. 야나체크도요. 베토벤의 7중주도 멋지죠. 슈베르트의 피아노 5중주 「송어」는 어떻고요. 아실지 모르겠지만, 슈베르트의 5중주 「송어」는 정말 최고예요. 음악 경력 면에서요. 슈베르트의 이 곡은…… 콘트라바스 주자에겐 꿈의 작품이에요. 하지만 먼 나라 얘기죠. 그것도 아주 먼 나라요. 저는 그냥 오케스트라 소속의 일반 주자일 뿐이에요. 그 말은 3열에 앉는 연주자라는 말이죠. 1열에는 독주자가 앉아요. 그 옆에 부(副)독주자가 앉고요. 2열에는 수석 주자와 부수석 주자들이 앉아요. 그 뒤에 저처럼 일반 연주자들이 앉아요. 이건 실력과는 상관없는 일종의 서열 표시예요. 짐작하실지 모르겠지만 오케스트라는 엄격한 위계질서가 있는 조직체이고, 또 그래야만 합니다. 그 자체로 인간 사회의 복사본이라 할 수 있죠. 특정한 인간 사회가 아니라 인간 사회 일반의 복사본 말입니다.

저 꼭대기에는 상임 지휘자가 있습니다. 그 밑에 제1바이올린 수석, 그 밑에 제2바이올린 수석, 그 밑에 제1바이올린 부수석, 그 밑에 나머지 제1바이올린과 제2바이올린 주자들이 있습니다. 또 그 밑으로는 비올라와 첼로, 플루트, 오보에, 클라리넷, 바순, 금관 악기가 차례로 뒤따르고, 맨 마지막에 우리 콘트라바스가 있어요. 물론 우리 뒤에도 팀파니가 있기는 해요. 하지만 이론상으로만 그래요. 왜냐하면 팀파니는 혼자 따로 떨어져 있는 데다가 앉아 있는 곳도 높아서 모든 사람이 볼 수 있기 때문이죠. 게다가 팀파니는 우리보다 훨씬 소리가 커요. 그래서 일단 힘을 쓰기 시작하면 맨 뒷좌석에 앉은 관객도 그 소리를 알아듣고 와, 팀파니다! 하고 탄성을 지르죠. 우리를 보면서 와, 콘트라바스다! 하고 말하는 사람은 없어요. 우리 소리는 다른 여러 악기 소리에 묻혀 드러나지가 않거든요. 그래서 팀파니는 실질적으론 우리보다 서열이 높아요. 엄격하게 따지면 네 가지 음밖에 내지 못해서 딱히 악기라고도 할 수 없는데 말이에요. 그럼에도 솔로 파트까지 있을 정도로 대접을 받아요. 예를 들면 베토벤의 피아노 협주곡 5번 마지막 악장 끝부분에 그런 파트가 나와요. 팀파니가 솔로 연주를 시작하면 다들 피아니스트가 아니라 팀파니만 쳐다봐요. 큰 음악당이라면 아마 1,200명에서 1,500명 정도 되겠죠. 한 시즌 내내 저를 쳐다본 사람의 숫자를 다 합쳐도 아마 그보다 까마득히 적을 겁니다.

이런 말을 한다고 해서 제가 질투를 한다고 생각하진 말아 주세요. 저는 질투하고 거리가 먼 사람이에요. 제 주제와 분수를 누구보다 잘 아니까요. 다만 저한테도 공정함에 대한 감각이 있어서 음악계의 일부 상황이 굉장히 불공정하게 느껴지기는 합니다. 솔리스트에게는 박수갈채가 쏟아집니다. 요즘 관객들은 박수를 치지 않으면 마치 스스로 벌을 받고 있다고 여기는지 정말 열심히 박수를 칩니다. 지휘자에게도 환호와 갈채가 쏟아지죠. 그러면 지휘자는 최소한 두 번은 악장의 손을 잡고 힘차게 흔들죠. 가끔은 오케스트라 전 단원이 자리에서 일어나기도 합니다. 그런 경우에도 우리 콘트라바스 주자들은 제대로 일어날 수가 없습니다. 어느 측면으로 보나 콘트라바스 주자는, 이런 표현을 써서 죄송하지만 정말 최악의 쓰레기입니다!

오케스트라가 인간 사회의 복사본이라고 한 까닭이 여기 있습니다. 인간 사회건 오케스트라건 밑바닥에서 더러운 일을 하는 사람은 언제나 남들에게 무시를 받습니다. 어떻게 보면 오케스트라의 상황이 인간 사회보다 훨씬 안 좋아요. 사회에서는 어쨌든 이론적으로는 나도 언젠가 저 위계질서의 사다리를 타고 올라가 계급 피라미드의 꼭대기에 서서 아래 있는 벌레 같은 것들을 내려다볼 수 있을 거라는 희망을…… 되든 안 되든 꿈으로라도 품을 수는 있지만…….

(힘없는 목소리로.)

…… 오케스트라에는 그런 희망이 없습니다. 여기엔 능력의 잔인한 위계질서만, 한번 정해지면 움직이지 않는 끔찍한 위계질서만, 개인적 재능의 소름 끼치는 위계질서만, 자연법칙에 따른 울림과 소리의 뒤집을 수 없는 물리학적 위계질서만 존재하죠. 이런 세계엔 발을 들여놓을 생각조차 하지 않는 게 좋습니다!

(씁쓸하게 웃는다.)

물론 소위 변화도 있었습니다. 150여 년 전이 가장 최근의 변화인데, 그때 자리 변화가 있었죠. 지휘자 카를 마리아 폰 베버[18]가 금관 악기 파트를 현악기 뒤로 보낸 겁니다. 가히 혁명이라 할 만했죠. 다만 콘트라바스에는 아무 변화가 일어

---

18 Carl Maria von Weber(1786~1826). 독일의 작곡가로 민화와 전설에서 취재한 국민 가극을 많이 작곡하여 독일 낭만파의 시조라고 불린다.

나지 않았습니다. 우리는 늘 구석에 처박혀 있었어요. 지금
이나 그때나. 1750년경 통주저음[19]의 시대가 끝나면서부터
우리는 줄곧 뒤에 있었고, 그건 앞으로도 바뀌지 않을 겁니
다. 그렇다고 제가 지금 불평을 하는 건 아닙니다. 저는 현실
주의자예요. 순응도 잘해요. 주어진 대로 잘 따르죠. 그러는
법을 익혔거든요. 다행히도!

(한숨을 내쉰다. 맥주를 한 모금 마시며 다시 힘을 낸다.)

…… 사실 저는 그게 맞아요. 오케스트라 단원으로서 저
는 보수적이에요. 질서니 규율이니, 위계질서, 지도자 원칙
같은 가치를 옹호하죠. 그렇다고 오해는 하지 마세요! 지도
자라면 독일인들은 대개 히틀러를 떠올리는데, 제가 말한 건
그 사람이 아니니까요. 말이 나온 김에 덧붙이자면 히틀러는
음악적으로 기껏해야 바그너의 팬에 지나지 않았어요. 이제
여러분도 짐작하시겠지만 저는 바그너를 별로 안 좋아해요.
음악가로서의 바그너는 기술적으로만 따진다면 고등학교
2학년 수준이라고 할 수 있어요. 악보를 보면 정말 말도 안
되는 음표와 실수가 수두룩하거든요. 게다가 바그너는 피아
노 외에 다른 악기를 전혀 다룰 줄 몰랐어요. 피아노도 실력
이 형편없었고요. 우리 같은 전문 연주사들은 멘델스존을 연

19 17~18세기 유럽 음악에서 건반 악기의 연주자가 주어진 저음을 기반
으로 즉흥적으로 화음을 곁들이면서 반주 성부를 완성하는 기법.

주할 때 천배는 더 행복한 감정을 느껴요. 슈베르트는 말할 것도 없고요. 참고로 멘델스존은 이름에서 알 수 있듯이 유대인이에요. 히틀러 당시에 어떤 대접을 받았을지는 짐작이 가시죠? 히틀러는 바그너 말고는 음악에 대해서 아는 것이 거의 없었어요. 본인이 직접 음악가가 되겠다고 생각도 한 적이 없고요. 오히려 건축가나 화가, 도시 계획 전문가가 되고 싶어 했죠. 그런 면에서는 어느 정도 자기 자신을 안다고 할 수 있어요. 그 사람이 저지른…… 온갖 무절제한 행동에도 불구하고 말이죠. 어쨌든 음악가들은 국가 사회주의와 잘 맞지 않아요. 물론 푸르트벵글러나 리하르트 슈트라우스 같은 사람도 있지만요. 이들은 분명 문제가 많은 사람들이에요. 하지만 본인들이 한 짓보다 훨씬 더 많은 것을 뒤집어썼다고 생각해요. 이들은 적극적인 의미의 나치는 아니거든요. 절대로요! 혹시 나중에 시간이 나시면 푸르트벵글러의 책을 찾아보세요. 거기에 이런 대목이 나와요. 〈나치와 음악은 함께 갈 수 없다. 절대로!〉

히틀러 당시에도 음악은 계속되었습니다. 당연한 일이죠. 음악은 사정에 따라 멈추었다가 다시 시작하는 그런 것이 아니니까요. 예를 들어 우리의 카를 뵘[20]은 당시에 자기 음악 인생의 절정을 누렸습니다. 카라얀은 어떻고요. 나치에 점령

---

20 Karl Böhm(1894~1981). 오스트리아의 세계적인 지휘자. 세계의 유수 극장에서 지휘자와 감독을 지냈다. 1943년 나치 당시에 빈 국립 오페라의 음악 총감독을 지냈고, 전후에 나치 부역 혐의로 2년 동안 음악 활동을 금지당했다.

된 파리의 시민들조차 그에게 열렬한 환호를 보냈습니다. 그밖에 제가 알기로는 유대인 강제 수용소에서도 수감자들이 독자적인 오케스트라를 만들었다고 해요. 전쟁이 끝난 뒤 독일인 포로수용소에서도 똑같이 일이 있었고요. 왜 그럴까요? 음악은 지극히 인간적이기 때문이죠. 거기엔 정치와 시대 흐름을 뛰어넘어 무언가 인간 보편적인 것이 있어요. 저는 이렇게 표현하고 싶네요. 인간 영혼과 정신에 타고날 때부터 내재된 본질적인 요소가 음악 속에 들어 있다고요. 음악은 어느 시대 어느 시기건 할 것 없이 항상 있어 왔고, 동서양을 비롯해 남아프리카, 스칸디나비아, 브라질, 심지어 수용소 군도[21]에서도 존재해 왔습니다. 음악은 형이상학적이거든요. 혹시 형이상학이 무엇인지 아시나요? 물리적 세계를 뛰어넘는다는 말이에요. 그러니까 음악이 순수 물리적 실존의 배후에, 혹은 그것을 넘어서는 세계에 있다는 뜻입니다. 음악은 시간과 역사, 정치, 빈부, 생과 죽음을 넘어섭니다. 그런 면에서…… 영원하죠. 괴테가 이런 말을 했죠. 〈음악은 이성이 따라올 수 없을 만큼 저 높은 곳에 있다. 세상 만물을 지배하는 힘이, 누구도 설명할 수 없는 힘이 이 음악에서 나온다.〉

저는 이 말에 그저 허리 숙여 경의를 표할 뿐입니다.

---

21 러시아 작가 솔제니친의 소설 제목이기도 한 이곳은 솔제니친 자신이 실제로 1945년부터 1953년까지 수감되었던 곳이다.

(엄숙한 어조로 말을 끝내더니 일어나서 흥분한 상태로 방 안을 이리저리 거닌다. 그러다 생각에 잠긴 채 돌아온다.)

…… 저는 괴테보다 한 걸음 더 나아가 이렇게 말하고 싶습니다. 나이를 먹을수록, 음악의 본질을 더 깊이 파고들수록 음악이 하나의 거대한 비밀이나 신비처럼 느껴지고, 음악을 알게 될수록 음악에 대해 무언가 보편적인 것을 말하기가 점점 어려워진다고요. 괴테는 예나 지금이나 최고의 존경과 명성을 누리는 인물입니다. 당연히 그럴 만하다고 생각하지만, 그럼에도 엄밀히 말해 음악가는 아닙니다. 본령은 시인이죠. 다시 말해 말의 리듬과 멜로디를 다루는 언어의 마법사입니다. 음악가와는 한참 거리가 멀죠. 그렇지 않고서야 그가 가끔 음악가에 대해 내렸던 기괴한 오판을 설명할 길이 없습니다. 어쨌든 괴테는 신비스러운 세계에 대해 많은 것을 알고 있었습니다. 혹시 괴테가 범신론자라는 건 알고 계셨나요? 그러리라 믿습니다. 아무튼 범신론은 신비주의와 밀접한 관련이 있습니다. 어떤 의미에서 범신론은 신비적 세계관의 발로라고 할 수 있죠. 신비적 세계관은 중국 도교와 인도 신비론을 비롯해 많은 사상에서 나타났고, 유럽의 중세와 르네상스를 관통해 계속 이어지다가 18세기에는 무엇보다 프리메이슨 운동 속에서 다시 등장했습니다. 사실 모차르트도 프리메이슨 단원이었습니다. 그건 잘 알려져 있죠. 모차르트는 상대적으로 어린 나이에 프리메이슨 운동을 접했습니다.

당연히 음악가로서 말이죠. 그건 제가 보기에, 아니 모차르트 본인도 분명히 알고 있을 테지만, 다음의 제 테제를 증명하는 것이기도 합니다. 즉 모차르트는 음악을 신비의 영역으로 보았고, 세계관적으로 당시에 어떤 입장을 취해야 할지 몰랐다는 겁니다. 이런 이야기는 기존의 내막을 모르는 여러분에게는 너무 어려울지 모르겠다는 생각이 드는군요. 하지만 몇 년 동안 이 문제를 연구해 온 저로서는 이것 하나는 명확하게 말씀드릴 수 있습니다. 이런 배경에 비추어 볼 때 모차르트는 분명 과대평가되어 있다는 겁니다. 음악가로서의 모차르트는 너무 과대평가되고 있습니다. 정말입니다. 거짓이 아니에요. 이런 말이 오늘날 별로 유쾌하게 받아들여지지 않는다는 건 저도 잘 압니다. 하지만 수년 동안 직업상 이 문제를 집중적으로 탐구한 사람으로서 이렇게 말씀드릴 수밖에 없습니다. 모차르트는 오늘날 부당하게 잊힌 수백 명의 동시대 음악가들과 비교해도 결코 낮지 않다고요. 그리고 그렇게 일찍 재능을 보였고, 여덟 살 때 벌써 작곡을 시작한 것이 오히려 단명을 재촉했다고요. 그에 대한 전적인 책임은 모차르트의 아버지한테 있습니다. 아버지라는 사람이 어떻게 그럴 수 있는지는 알다가도 모를 일입니다. 만일 저한테 아들이 있고, 그 아들이 모차르트보다 열 배는 더 뛰어난 재능을 갖고 있다고 하더라도 저는 절대 그렇게 못합니다. 작곡은 아이가 할 일이 아니에요. 사실 어떤 아이든 원숭이처럼 혹독하게 훈련만 시키면 작곡을 할 수 있어요. 그건 예술

이 아닙니다. 착취죠. 아동 학대예요! 그래서 오늘날엔 금지되어 있죠. 당연히 그래야죠. 아이들은 자유롭게 놀 권리가 있으니까요. 이게 모차르트가 다른 음악가들에 비해 그렇게 뛰어난 인물이 아니라는 한 가지 이유입니다. 다른 이유는 모차르트가 작곡할 당시엔 이렇다 할 경쟁자가 전혀 없는 것이나 다름없었다는 겁니다. 베토벤도 없었고 슈베르트, 슈만, 베버, 쇼팽, 바그너, 슈트라우스, 레온카발로[22], 브람스, 베르디, 차이콥스키, 버르토크, 스트라빈스키도 없었습니다. 더 이상 나열하지 않아도 되겠죠? 아무튼 오늘날 우리 같은 사람이 하는 음악의 95퍼센트는 전부 비슷한 시대에 나왔는데, 모차르트 당시엔 이런 음악가들이 없었어요. 게다가 저처럼 음악으로 밥벌이를 하는 전문 연주자도 없었어요. 그런 사람들은 모차르트 이후에야 생겨났죠! 모차르트는 그런 사람들을 전혀 몰랐어요. 당시 이름 있는 음악가가 딱 한 명 있었다면, 제가 틀렸다면 알려 주세요, 바로 바흐예요. 하지만 당시 바흐는 사람들에게 완전히 잊힌 존재였어요. 프로테스탄트라는 이유로요. 재발견된 건 나중 일이죠. 이런 사정을 종합해 볼 때 당시의 시대 조건은 모차르트에겐 정말 다른 이들과 비교가 안 될 정도로 좋았습니다. 걸릴 게 하나도 없었죠. 그냥 시대 속으로 홀연히 걸어 들어가 걱정 없이 발랄하게 놀다가 원하는 음악을 만들기만 하면 되었습니다. 게다

---

22 Ruggiero Leoncavallo(1858~1919). 이탈리아의 오페라 작곡가. 사실파의 대표적 작곡가로 오페라의 극적 효과를 나타내는 데에 문학적 재질을 보였다.

가 당시 사람들은 지금보다 훨씬 감사할 줄 아는 사람들이었어요. 저라도 그런 시대에 태어났더라면 세계적으로 유명한 거장이 되었을 겁니다. 하지만 모차르트는 그걸 한 번도 인정한 적이 없어요. 그에 비하면 괴테는 한결 솔직했죠. 늘 자신은 운이 좋았다고 말하니까요. 자기 시대의 문학은 아직 아무것도 쓰이지 않은 백지나 다름없었다는 겁니다. 맞아요, 괴테는 재수가 좋았어요. 복을 타고 났죠. 하지만 모차르트는 그걸 인정하지 않았어요. 볼썽사나운 짓이죠. 그게 눈꼴 사나워서 제가 이렇게 노골적으로 모차르트를 까고 있는 겁니다. 그리고 이건 가외로 드리는 말씀인데, 모차르트가 콘트라바스를 위해 쓴 곡은 잊어버리는 게 좋아요. 「돈 조반니」의 마지막 장 정도나 봐줄 만할까, 나머진 모두 망한 작품들이에요. 모차르트 얘기는 이쯤 하죠. 이제 맥주를 한 모금 마셔야겠습니다.

(일어나 맥주를 가지러 가다가 콘트라바스에 걸려 넘어진다. 그의 입에서 비명이 터져 나온다.)

…… 빌어먹을 자식, 좀 조심하라고! 왜 항상 남의 길을 가로막고 그래, 이 멍청아! 혹시 여러분이 설명 좀 해주시겠어요? 30대 중반의 남자가, 그러니까 제가요, 왜 항상 제 앞길을 가로막는 이런 악기와 계속 살아야 하는지. 인간적으로건, 사회적으로건, 성적으로건, 음악적으로건, 아니면 이동

측면에서건 〈항상〉 방해만 되는 이런 녀석과 말입니다! 이게 혹시 저한테 카인의 표식[23]이라도 되는 걸까요? 네? 설명 좀 해주세요! 죄송합니다, 소리를 질러서. 하지만 여기서는 얼마든지 소리를 질러도 됩니다. 이 방음 판 때문에 누구도 소리를 듣지 못할 테니까요. 누구도 제 말을…… 그래요, 제가 누굴 때려죽인 겁니다. 제가 전생에 누군가를 때려죽인 게 분명해요. 그렇지 않고서야 이 빌어먹을 놈이 카인의 표식처럼 저를 내내 쫓아다니진…….

(일어나 다시 맥주를 가지러 간다.)

(모차르트의 「피가로의 결혼」 서곡이 흐른다.)

(음악이 끝나자 다시 돌아와 맥주를 따른다.)

…… 에로틱한 얘기를 조금 해볼까요? 아까 말한 그 아담한 여가수, 정말 멋진 사람이죠. 키는 꽤 작고, 눈은 새까매요. 어쩌면 유대인일지 모르지만, 그건 상관없어요. 어쨌든

---

23 아담의 장자 카인은 하느님이 동생 아벨만 총애하고 자신은 거들떠보지 않는 것에 화가 나 동생을 때려죽인다. 하느님이 아우의 피로 대지를 물들인 카인을 풍요로운 땅에서 내쫓자 카인은 벌이 너무 가혹하고, 주님의 보호 없이 세상을 떠돌면 누구든 자신을 죽일 수 있을 거라고 하소연한다. 그러자 〈주님은 카인이 주의 보호 아래 있음을 누구든 알 수 있게 하려고 카인의 이마에 표식을 새겨 주셨다〉(창세기 4:1−15). 이처럼 카인의 표식은 하느님의 보호를 받고 있음을 보여 주는 상징이지만, 동생을 죽인 살인자의 표식으로 잘못 알려진 경우가 많다. 이 책에서도 그런 의미로 쓰이고 있다.

그 사람 이름은 사라예요. 저를 위한 여자라는 생각이 들어요. 혹시 그거 아세요? 저는 첼리스트하고는 절대 사랑에 빠질 수 없어요. 비올리스트하고도요. 사실 순수 기악적으로 보자면 콘트라바스는 비올라와 궁합이 잘 맞아요. 디터스도르프의 협주 교향곡이 그걸 잘 보여 주죠. 트롬본이랑도 궁합이 괜찮아요. 첼로도 마찬가지고요. 사실 우린 대부분 첼로와 화음을 맞춰 연주하죠. 하지만 인간적으로는 안 돼요. 저하고 맞지 않아요. 저 같은 콘트라바스 주자한테는 저하고 정반대되는 여자가 필요해요. 경쾌하고, 음악적이고, 아름답고, 행복하고, 유명하고, 거기다 풍만한 가슴까지 있는 여자가 필요하다는 거죠.

저는 우리가 함께 연주할 수 있는 곡이 뭐가 있을까 찾아보려고 음악 도서관에 갔어요. 콘트라바스 반주의 소프라노 아리아가 두 곡 있더군요. 이 역시 무명의 요한 슈페르거, 그러니까 1812년에 죽은 슈페르거가 만든 곡이었어요. 그 밖에 바흐의 9중주 칸타타 152번도 있었지만, 9중주는 거의 오케스트라에 가깝죠. 결국 우리 둘이서만 할 수 있는 작품은 두 곡밖에 남지 않았어요. 우리의 관계를 발전시켜 나갈 토대로는 너무 빈약했죠. 실례지만 잠시 목 좀 축이겠습니다.

그럼 소프라노한테는 어떤 사람이 필요할까요? 뭐 이젠 숨길 것도 없고 툭 터놓고 말해 보겠습니다. 일단 소프라노에게 필요한 사람은 반주자예요. 소프라노의 목소리를 더욱

돈보이게 하는 피아니스트 말입니다. 지휘자도 좋겠네요. 아니 더 좋죠. 연출자도 괜찮고요. 심지어 기술 감독도 콘트라바스보다는 나아 보이네요. 사실 사라와 우리 기술 감독 사이에 뭔가 있었던 것 같아요. 기술 감독은 전형적인 관료 스타일이에요. 왜 있지 않습니까, 음악은 쥐뿔도 모르면서 높은 자리에 앉아 이래라저래라 간섭하는 밥맛없는 공무원요. 기름기가 좌르르 흐르고 여자를 밝히게 생긴 나이든 남자죠. 심지어 게이라는 말까지 있어요. 어쩌면 사라가 기술 감독과 아무 사이가 아닐 수도 있어요. 둘이 정확하게 어떤 사이인지는 솔직히 저도 몰라요. 그런 건 상관없기도 하고요. 다만 깊은 관계라면 마음이 좀 아플 것 같긴 해요. 우리 기술 감독과 같이 잔 여자랑은 저는 도저히 잘 수 없을 것 같으니까요. 그런 여자는 절대 용서가 안 될 것 같아요. 물론 따지고 보면 제가 지금 그런 소리를 할 처지는 아닙니다. 우린 그런 사이가 아니니까요. 솔직히 우리가 그런 사이로 발전할지도 의문이에요. 사라가 저라는 존재를 알고나 있는지도 알 수 없거든요. 사실 사라는 저를 한 번도 눈여겨본 것 같지 않아요. 음악적으로는 당연히 아니에요. 그런 일은 일어날 수 없죠. 기껏해야 구내식당에서는 한두 번 봤을지도 몰라요. 제 외모도 제 연주 실력만큼이나 그렇게 나쁘진 않거든요. 하지만 사라는 구내식당에 오는 경우가 드물어요. 밖에서 식사하는 일이 많죠. 주로 나이든 남자 가수들이 식사 초대를 하는 것 같아요. 그중에는 객원 스타 가수도 있고요. 한번은 고급 해

산물 레스토랑에서 그 장면을 직접 본 적이 있어요. 도버 서
대기[24] 한 마리에 52마르크나 하는 집이었어요. 역겹죠. 그
렇게 비싸게 받아 처먹다니. 그런데 그보다 더 역겨운 건 젊
은 아가씨가 오십이나 먹은 테너와 그런 데서 식사를 하는
것이었어요. 이런 이야기까지 해서 좀 뭣하지만, 그 남자는
이틀 저녁 공연하고 3만 6천 마르크를 벌어요! 혹시 제가 얼
마나 버는지 아세요? 세금을 제하고 1,800마르크예요. 물론
음반 녹음을 하거나 다른 데서 잠시 아르바이트를 뛰면 그보
다 좀 더 벌죠. 하지만 보통은 월 1,800 마르크를 벌어요. 사
무실 허드렛일이나 하는 사람이나 아르바이트하는 대학생
수준밖에 안 돼요. 근데 제가 왜 이 사람들하고 똑같은 대접
을 받아야 하죠? 저는 이 사람들보다 배는 더 공부했고, 몇
배는 더 일했어요. 음대를 다닌 세월만 4년입니다. 크라우추
니크 교수 밑에서 작곡을 배웠고, 리더러 교수 밑에서 화성
학을 배웠어요. 오전에는 세 시간 리허설을 하고, 저녁에는
네 시간 공연을 해요. 공연이 없는 날에도 늘 대기 상태죠.
12시 전에 잠자리에 든 적이 없어요. 게다가 연습은 또 얼마
나 했던지…… 처음 보는 악보도 척척 연주해 낼 만한 재능
이 없다면 연습으로라도 때울 수밖에 없죠. 결국 하루 평균
열네 시간씩 빠세게 노동을 하고 있는 셈입니다.

　물론 저도 마음만 먹으면 얼마든지 그런 고급 해산물 레

<hr />

24 도버 해협에서 잡히는 참서대의 일종. 양쪽 눈이 머리 오른쪽에 몰려
있는 가자미목의 생선. 쫄깃쫄깃한 식감과 향미가 좋아 다양한 조리법으로 유
명하다.

스토랑에 갈 수 있고, 필요하다면 도버 서대기를 52마르크나 주고도 사 먹을 수 있습니다. 그러고도 눈 하나 깜짝하지 않을 자신이 있습니다. 그러지 못할 거라고 생각하신다면 그건 저를 잘못 보신 겁니다. 다만 그러는 게 역겨워서 안 하는 것뿐이죠. 게다가 거기서 사라와 식사하는 남자들은 죄다 유부남이에요. 물론 혹시 사라가 나한테 와서 — 그럴 일은 없을 겁니다 — 나라는 존재도 모르는데 어떻게 그게 가능하겠습니까. 하지만 그래도 혹시 저한테 와서 도버 서대기를 먹으러 가지 않겠느냐고 물으면 저 역시 흔쾌히 그러자고 하면서 50마르크가 아니라 80마르크를 써도 아깝지 않을 거라고 대답할 겁니다. 사랑하는 사람 앞에서는 머리부터 발끝까지 완벽하게 신사가 되는 게 저거든요. 하지만 그 아가씨가 다른 남자들과 함께 식사를 하러 나가는 것은 역겹습니다. 정말 역겨워요! 제가 사랑하는 여자라면 딴 남자들이랑 고급 레스토랑에 가서는 안 됩니다! 그것도 저녁마다! 물론 그녀는 아직 저를 몰라요. 그게…… 지금까지는 그나마 그녀의 유일한 변명이 될 수 있지만…… 그녀가 장차 저를 알게 되고…… 우리가 사귀게 되면…… 물론 그럴 가능성은 그리 높아 보이지 않지만…… 여하튼 어떻게든 우리가 사귀게 되면 제가 따끔하게 혼을 내줄 겁니다. 그건 이 자리에서 분명히 약속드릴 수 있습니다. 서약서를 쓰라고 해도 쓸 수 있어요. 왜냐하면 …… 왜냐하면…….

(갑자기 목소리를 높이기 시작한다.)

…… 제 여자가 소프라노여서 앞으로 언젠가는 도라벨라의 아리아를 부르거나 「아이다」나 「나비 부인」의 아리아를 부를 거라고 해서, 그에 비해 남자 친구는 하찮은 콘트라베이스 주자에 불과하다고 해서…… 제 여자가…… 그런 이유로…… 다른 남자랑…… 고급 해산물 레스토랑에 가는 건 있을 수 없고…… 절대 용납할 수도 없습니다. 죄송합니다……. 용서하십시오……. 제가 너무 흥분했나 봅니다. 좀 진정할…… 좀 진정할 필요가…… 있을 것 같습니다……. 혹시 제가 여자와 사귀기엔…… 적합하지 않은 사람이라고 생각하시나요?

(턴테이블로 가서 무언가를 올려놓는다.)

…… 도라벨라의 아리아입니다. 「코지 판 투테」[25] 2막에 나오는…….

(음악이 흐르자 그가 나직이 흐느끼기 시작한다.)

사라의 노래를 듣고 있으면 이렇게 그렇게 작은 몸에서

---

25 Cosi fan tutte. 1790년에 초연된 모차르트의 오페라. 우리나라에서는 〈여자는 다 그래〉라는 제목으로 상연되었다. 도라벨라는 이 오페라에 나오는 귀부인이다.

그런 소리가 나오는지 믿기 어려워요. 물론 지금까지 맡은 역할은 전부 자잘한 역할들이지만 말이에요. 예를 들면「파르지팔」의 꽃처녀라든지, 「아이다」의 성전(聖殿) 가수라든지, 「나비 부인」의 사촌 자매 같은 역이었죠. 하지만 이런 작은 역할에도 불구하고 일단 사라가 입을 열고 노래를 부르면 저는 정말 거짓말 하나 보태지 않고 심장이 멎는 것 같아요. 다른 적절한 표현은 떠오르지가 않네요. 그런데 제 마음속에 그렇게 감동적인 목소리를 남겨 놓고는 공연이 끝나면 어디서 굴러먹다 왔는지 알 수 없는 객원 스타 가수랑 고급 레스토랑으로 밥을 먹으러 나가요. 거기서 생선 요리나 부야베스 같은 생선 스튜를 시켜 먹겠죠. 그러는 동안 그녀를 사랑하는 남자는 방음된 방에서 그녀 생각만 해요. 그녀의 노랫소리를 단 한 음도 연주할 수 없는 이 망할 놈의 못난 악기만 쥐고서 말이죠.

혹시 저한테 뭐가 필요한지 아세요? 손에 넣을 수 없는 여자예요. 아무리 애써도 손에 넣을 수 없는 〈여자〉만 있다면 다른 여자는 필요 없지 않겠어요?

한번은 사라의 눈길을 억지로 끌어 볼까 고민한 적이 있어요. 「아리아드네[26]」 리허설 때였어요. 사라는 에코 역을 맡았는데, 이번에도 크지 않은 역할이었어요. 몇 소절만 부르고 끝이었죠. 그런데 연출이 딱 한 번 사라를 무대 앞쪽으로

---

26 그리스 신화에 나오는 크레타섬의 왕 미노스의 딸. 아테네의 왕자 테세우스에게 버림을 받고, 디오니소스의 아내가 되었다.

보낸 적이 있어요. 거기서는 보려고 마음먹으면 얼마든지 저를 볼 수 있었어요. 하지만 사라는 상임 지휘자에게만 고정한 채 다른 데로 눈을 돌리지 않았어요. 그때 잠시 이런 고민을 했죠. 사라의 관심을 끌기 위해 지금 뭔가를 해버릴까? 바스를 넘어뜨리든지, 내 활로 앞자리 첼로를 건드리든지, 아니면 그냥 눈에 띄게 연주 실수를 해버리는 거죠. 「아리아드네」 공연에서는 바스가 두 대밖에 안 되기 때문에 실수한 사람은 금방 드러나죠.

하지만 이 생각은 결국 접고 말았습니다. 사실 말이 쉽지 행동은 쉽지 않은 법이죠. 게다가 여러분은 우리 상임 지휘자를 모르시겠지만, 그 양반은 연주자가 음정을 틀리는 것을 자신에 대한 모욕으로 느끼는 사람이에요. 그게 아니더라도 음정 실수를 하면서까지 사라와의 관계를 엮으려는 것이 너무 유치하다는 생각이 들었죠. 오케스트라 단원이라면, 그러니까 혼자가 아니라 동료들과 함께 연주하는 사람이라면 갑자기 의도적으로, 그러니까 개인적인 목적을 위해 음정을 틀리는 것은…… 좀 아니라는 생각이 들었어요. 그래서 결국 실행에 옮기지 못했습니다. 거 보세요, 저는 어떤 점에선 굉장히 신실한 음악가예요. 여자의 눈에 띄려고 일부러 연주를 틀려야 한다면 차라리 여자가 영원히 저를 모르는 게 낫다고 생각하는 사람이죠. 제가 원래 좀 그렇답니다.

아무튼 그다음부터 저는 콘트라바스로 낼 수 있는 가장 아름다운 소리를 내려고 애썼습니다. 그러면서 생각했죠. 이게 이제 하나의 신호가 되어 줄 거라고요. 그러니까 사라가 저의 아름다운 연주에 이끌려 저에게로 고개를 돌린다면 앞으로 영원히 나의 여자, 평생 나의 사라가 되겠지만, 사라가 저를 건너다보지 않으면 모든 게 끝이라고 생각했던 것이죠. 웃기는 얘기지만 사랑에는 이런 미신적인 측면이 있어요. 사라는 저에게 눈을 돌리지 않았습니다. 제가 아름답게 연주를 시작하자마자 연출 지시로 일어나더니 곧장 무대 뒤로 사라져 버렸죠. 뭐 그게 아니더라도 어차피 상임 지휘자도, 그리고 제 바로 옆의 콘트라바스 수석 주자인 하프핑거도 제가 얼마나 말도 안 되게 아름답게 연주했는지를 전혀 모르는 것 같더군요.

오페라를 자주 보러 가시나요? 이런 상상을 한번 해보세요. 여러분은 오늘 저녁 오페라 극장에 갑니다. 거기서는 페스티벌 개막작으로 「라인의 황금」이 공연됩니다. 홀 안에는 긴 드레스와 검은 턱시도를 차려입은 신사 숙녀가 2,000명 넘게 앉아 있습니다. 갓 씻은 듯한 여자들의 푹 파인 등에서는 향수와 데오도란트 냄새가 납니다. 새까만 비단으로 만든 나비넥타이가 반짝거리고, 드레스 어깨의 부풀어 오른 심이 번쩍거리고, 몸에 걸친 화려한 보석이 눈부시게 빛납니다. 1열에는 총리 가족을 비롯해 국제적인 저명인사들이 앉아 있습니다. 오케스트라 단장 박스석에는 단장 가족과 초대 손님이, 상임 지휘자 박스석에는 상임 지휘자 부부와 초대 손님이 앉아 있습니다. 다들 이렇게 앉아 이날의 스타 카를로

마리아 줄리니를 기다립니다. 문이 살며시 닫히고, 샹들리에
만 빼고 객석의 불이 꺼집니다. 다들 향기를 내뿜으며 기다
립니다. 드디어 줄리니가 등장하고 박수갈채가 쏟아집니다.
줄리니가 허리를 숙여 인사합니다. 막 감은 듯한 머리카락이
휘날립니다. 이어 오케스트라 쪽으로 돌아서 마지막으로 헛
기침을 합니다. 홀 안에 정적이 흐릅니다. 줄리니가 팔을 들
더니 제1바이올린 수석과 눈빛을 주고받습니다. 그러고는
고개를 끄덕거리고, 다시 한번 시선을 주고받은 뒤 최후의
헛기침을 합니다.

　이어 이 숭고한 순간에, 그러니까 이제 막 오페라가 우주
가 되고, 우주 창조의 시간이 되는 이 숭고한 순간에, 관객들
이 숨을 멈춘 채 긴장해서 기다리고, 무대 커튼 뒤에서는 벌
써 라인의 세 딸이 뿌리가 내린 듯 꼿꼿하게 서서 음악의 시
작을 기다리는 이 순간에, 오케스트라 맨 뒷줄, 그러니까 콘
트라바스 주자들이 서 있는 곳에서 사랑에 빠진 한 남자의
애타는 절규가 터져 나옵니다.

　(그가 절규한다.)

　…… 사라!!!

　엄청난 반향이 일어납니다! 이 사건은 다음 날 신문에 실
리고, 저는 국립 오케스트라에서 쫓겨납니다. 하지만 그에

아랑곳하지 않고 꽃다발을 사 들고 사라를 찾아갑니다. 그녀가 문을 열어 주면서 저를 처음으로 바라봅니다. 저는 영웅처럼 그녀 앞에 서서 당당히 말합니다. 〈제가 바로 어제 당신을 곤궁에 빠뜨린 남자입니다. 당신을 진심으로 사랑하니까요.〉 우리는 포옹을 하고 하나가 됩니다. 발밑의 세상이 꺼지면서 마치 공중에 둥둥 뜬 것 같은 지극한 행복감이 밀려옵니다. 아멘!

저는 당연히 사라를 잊으려고 노력해 봤습니다. 그녀는 어쩌면 인간적으로 완전히 꽝일지도 모릅니다. 아니, 그럴 가능성이 많습니다. 성격은 지랄 맞고, 지적 수준은 바닥일 수 있죠. 저 같은 급의 남자하고는 절대 어울리지 않는······.

하지만 리허설 때마다 그녀의 목소리를 들으면, 그 천사 같은 목소리를 들으면 생각이 달라집니다. 그거 아시나요? 아름다운 목소리는 그 자체로 지적이라는 것을. 물론 그런 목소리를 가진 여자가 실제로는 아주 멍청할 수도 있습니다. 그게 바로 음악의 잔인함이죠.

이제 에로틱한 얘기를 좀 해보겠습니다. 에로틱은 어떤 인간도 벗어날 수 없는 영역이죠. 일단 이렇게 얘기하고 싶어요. 만일 그녀가, 그러니까 사라가 노래를 부르면 그 소리는 마치 제 살 밑으로 파고드는 것 같아요. 거의 성적인 느낌으로요. 이렇게 말한다고 저를 오해하지는 마세요. 그런 사람은 아니니까. 아무튼 저는 가끔 밤중에 울부짖으면서 깨곤 해요. 꿈속에서 그녀의 노랫소리를 들었기 때문이죠. 이럴

땐 여기가 방음이 되는 곳이라는 게 얼마나 다행인지 몰라요. 저는 온몸에 땀이 흥건한 채로 깨어나요. 그러다 다시 잠들고, 그러다 다시 내가 지르는 울부짖는 소리에 놀라 다시 깨어나요. 밤새 그게 반복되죠. 사라는 노래 부르고, 나는 울부짖고, 잠들고, 다시 그녀가 노래 부르고, 나는 울부짖고, 다시 잠들고, 이렇게요…… 저만의 섹슈얼리티라고 할 수 있죠.

기왕 이 이야기가 나왔으니까 말인데 이따금 낮에도 그녀가 나타납니다. 당연히 상상 속에서죠. 이상하게 들릴지 모르겠지만…… 그녀가 내 앞에 서 있다는 느낌이 들어요. 그것도 아주 가까이…… 이 콘트라바스만큼요. 그러면 그녀를 껴안고 싶은 충동을 참지 못하고…… 한 손으로는 이렇게…… 다른 손으로는 이렇게…… 마치 활로…… 그녀의 엉덩이를…… 아니면 반대 방향으로…… 마치 콘트라바스를 뒤에서부터 잡듯이…… 왼손으로는 그녀의 가슴을 잡고…… 마치 G현의 셋째 마디를 짚듯이…… 독주하듯…… 상상하기는 조금 어렵겠지만…… 오른손으로는 바깥쪽에서부터 활로 이렇게, 아래로, 다음엔 이렇게, 또 이렇게, 이렇게…….

(이지러운 손놀림으로 콘트라바스를 연주하는 시늉을 하더니 곧 악기에서 손을 떼고 지친 듯 소파에 털썩 주저앉아 맥주를 따른다.)

…… 사실 저는 기술자예요. 본질적으로는 말이에요. 음악가는 아닙니다. 여기 계신 여러분들보다도 음악적이라고 할 수 없을 겁니다. 그건 분명해요. 다만 저는 음악을 좋아합니다. 잘못 조율된 현을 금방 찾아내고, 온음과 반음도 대번에 구분할 수 있죠. 하지만 한 악절도 음악적으로 연주하지 못하고, 한 음도 아름답게 연주해 낼 수가 없어요. 하지만 그녀는 달라요. 입을 여는 순간 흘러나오는 소리는 하나같이 황홀해요. 설사 수많은 실수를 저지른다고 해도 아름다움은 줄어들지 않아요! 결국 문제는 악기에 있는 게 아니에요. 프란츠 슈베르트의 8번 교향곡은 콘트라바스의 연주로 시작해요. 설마 슈베르트가 절대 아름다운 소리를 내지 못하는 악기로 교향곡의 문을 열었으리라고 생각하시는 건 아니겠죠? 그럼 슈베르트를 잘못 보신 겁니다. 천하의 슈베르트예요! 결국 문제는 제가 아름다운 소리를 내지 못한다는 겁니다. 원인은 저한테 있어요.

물론 기술적으로는 어떤 곡이든 연주할 수 있습니다. 그쪽 방면으로는 탁월한 교육을 받았거든요. 원하신다면 당장이 자리에서 보테시니[27]의 모음곡을 어느 곡이든 여러분에게 연주해 드릴 수 있습니다. 콘트라바스의 파가니니라고 불리는 사람이죠. 아마 이 작품을 저만큼 능숙하게 연주할 수

27 Giovanni Bottesini(1821~1889). 당대 최고의 콘트라바스 주자. 이 악기를 위해 많은 작품을 썼고, 그의 모음곡은 오늘날까지도 콘트라바스 독주자들의 레퍼토리로 사용되고 있다. 그 밖에 지휘자로도 활동했는데, 1871년 12월 24일 베르디의 「아이다」 초연 지휘를 맡은 것으로 이름을 알렸다.

있는 사람은 많지 않을 겁니다. 기술적으로요. 제대로 연습만 한다면요. 하지만 저는 연습을 하지 않습니다. 왜 그런지 아세요? 그래 봤자 의미가 없거든요. 열심히 연습해서 기술적으로 완벽하게 연주를 하더라도 저한테는 음악성이 없어요. 내적으로 그만큼 부족한 거죠. 내적으로 부족하다는 말이 무슨 뜻인지 이해하시나요? 음악적으로 부족하다는 뜻이에요. 물론 이런 평가를 스스로 내릴 수 있는 것을 보면 그렇게까지 부족하지는 않는 것 같습니다. 그걸 알 정도의 수준은 된다는 거죠. 저는 제 자신을 남들과 구분할 수 있어요. 그건 긍정적인 면이죠. 게다가 제 자신을 통제할 수 있고, 또 정말 다행스럽게도 제가 어떤 인간인지, 어떤 인간이 아닌지도 간파하고 있어요. 현재 서른다섯 살의 공무원으로서 저는 앞으로도 평생 국립 오케스트라 소속으로 살아가야 될 테지만, 그렇더라도 일부 사람처럼 자신이 천재라고 생각할 만큼 바보는 아닙니다. 평생 국립 오케스트라에서 공무원 신분으로 콘트라바스만 연주하다가 죽어야 하는, 세상으로부터 인정받지 못한 불행한 천재라고 생각하지는 않는다는 말이죠.

그럴 수만 있었다면 저도 바이올린을 배웠을 겁니다. 작곡이나 지휘를 배울 수도 있었겠죠. 하지만 그러기엔 능력이 모자랐습니다. 그나마 그럭저럭 따라 할 수 있는 것이 이 악기더군요. 그래서 원래 좋아하지 않는 이 악기를 붙들고 앉아 제가 얼마나 시시한 연주자인지 눈치채지 못하는 사람들 앞에서 긁어 대고 있는 거죠. 그런 줄 알면서 이 짓을 왜 계속하느냐고요?

(갑자기 소리를 지르기 시작한다.)

…… 나는 왜 이렇게 살면 안 되죠? 내가 왜 당신들보다 더 나아야 하죠? 예, 당신들보다! 당신들 회계원, 수출 담당 자, 사진관 직원, 혹은 법률가보다 왜 더 나아야 하죠? 당신 들도 다 그렇게 살고 있잖아요!

(흥분한 상태로 쿵쾅쿵쾅 창가로 걸어가더니 창문을 홱 열어젖힌다. 순간 거리의 소음이 확 밀려 들어온다.)

…… 혹시 여러분도 저처럼 아직 손으로 일해서 먹고사는 특권층인가요? 어쩌면 여러분 중에는 저기 밖에서 매일 여 덟 시간씩 공기 드릴로 콘크리트 바닥을 뚫는 인부도 있을 수 있고, 아니면 쓰레기를 비우려고 하루 여덟 시간씩 쓰레 기차에다 끊임없이 쓰레기통을 던지는 청소부도 있을 수 있 습니다. 근데 여러분의 재능에 맞아서 그런 일을 하시나요? 혹은 당신보다 쓰레기통을 더 잘 던지는 동료를 보면서 상처 를 받나요? 아니면 당신도 저처럼 자기 일에 대해 이상주의 와 희생적 헌신으로 가득 차 있나요? 저는 왼손가락에서 피 가 나올 정도로 네 개의 현을 눌러 대고, 오른팔이 무감각해 질 정도로 말총 활을 쥐고 열심히 현을 긁어 댑니다. 물론 그

래 봤자 억지스런 소음밖에 나오지 않지만요. 여러분과 저의 유일한 차이가 있다면 저는 가끔 연미복을 입고 일한다는 것 뿐이죠.

(창문을 닫는다.)

…… 연미복은 제공되는 겁니다. 셔츠만 제가 따로 준비하죠. 이제 옷을 갈아입을 시간이 됐습니다.

흥분해서 죄송합니다. 흥분할 생각은 없었습니다. 여러분을 모욕할 생각도 없었고요. 우리는 모두 자기 자리에서 최선을 다하며 살아가는 것뿐입니다. 그렇다면 어떻게 해서 그 일을 하게 되었고, 왜 그 일을 계속하고 있는지 굳이 물을 필요는 없겠죠.

가끔 저는 터무니없는 상상을 합니다. 아까 사라가 제 앞에 콘트라바스처럼 서 있는 그런 상상이죠. 꿈의 여인이 콘트라바스처럼 제 앞에 서 있다니…… 음악적으로 저보다 훨씬 높은 곳에 서 있는 그녀를, 그 천사를…… 이 딱딱하고 더러운 손가락으로 만지고 이 더러운 활로 형편없이 문질러 대는 이 빌어먹을 놈의 콘트라바스 따위로 상상하다니…… 정말 이런 터무니없고 미친 상상이 있을까요? 하지만 한번 생각에 빠지면 가끔 그런 상상이 충동적으로, 거부할 수 없게, 옭아매듯이 저를 덮칩니다. 저는 생겨 먹길 원래 충동적인 인간과는 거리가 멉니다. 다만 생각할 때만 충동적이 되죠.

생각을 할 때면 날개 달린 백마 같은 판타지가 저를 낚아채 자기 등에 태우고 힘차게 달려 나가는 듯한 기분이 들어요.

22년째 철학을 공부했고, 지금은 박사 과정을 밟고 있는 한 친구가 예전에 이런 말을 했어요. 〈생각한다는 건 너무 어려운 문제여서 일반인들이 어설프게 따라 할 일이 아냐.〉 그 친구는 피아노 앞에 앉아 베토벤의 피아노 소나타 29번을 치려고 하지는 않을 겁니다. 그 곡을 칠 줄 모르거든요. 하지만 다들 생각으로는 할 수 있다고 믿고, 그래서 이것저것 따지지 않고 마음껏 상상의 나래를 펴요. 제 친구 말로는 그게 오늘날의 큰 문제라고 해요. 우리 모두를 파멸의 구렁텅이로 몰아넣는 재앙이 일어나는 것도 그 때문이라는 거죠. 저는 그 친구 말이 맞다고 했어요. 더 이상 할 말은 없었어요. 이젠 정말 옷 갈아입어야 합니다.

(그가 어디론가 가서 옷을 가져오더니 옷을 입으며 말한다.)

저는 국립 오케스트라 단원으로서, 참, 그 전에 목소리를 높인 점 사과드립니다. 술을 마시면 저도 모르게 목소리가 커지거든요. 아무튼 저는 국립 오케스트라 단원으로서 이른바 신분이 보장된 공무원입니다. 잘릴 염려가 없는 철 밥통이죠. 주 근로 시간이 명확하게 정해져 있고, 1년에 5주 휴가도 보장받아요. 의료 보험에 가입되어 있는 건 물론이고요.

그뿐인가요? 2년에 한 번씩 자동으로 월급이 올라가고, 퇴직 후에는 연금도 받습니다. 완벽하게 안정된 삶이죠.

그런데 이상하게 들릴지 모르지만 저는 그게 가끔 불안해요. 어떤 때는…… 집에서 나가는 것조차 겁나요. 안전한 집을 벗어나고 싶지 않아서죠. 저는 여가 시간이 많은 편인데, 그런 시간도 대체로 집에서 보내요. 불안해서요. 지금처럼요. 이걸 어떻게 설명해야 좋을지 모르겠지만…… 예, 가슴이 짓눌리는 듯이 죄어 오고 답답해지는 느낌이에요. 안정된 삶에 대한 미칠 것 같은 불안이죠. 폐소 공포증과 비슷해요. 안정된 직업으로 인한 일종의 정신 불안증이에요. 저의 경우는 콘트라바스가 든든한 밥줄이에요. 한곳에 묶이지 않고 자유롭게 이곳저곳 다니면서 연주하는 콘트라바스는 없어요. 저처럼 국립 오케스트라에 소속된 콘트라바스 주자는 평생을 공무원으로 묶여서 살아요. 우리 상임 지휘자조차 그렇게 안정적이지는 못해요. 5년 계약이거든요. 위에서 연장시켜 주지 않으면 바로 밥줄이 끊기죠. 어쨌든 이론상으로는요. 그런 면에선 오케스트라 단장도 비슷해요. 힘이 막강한 직책이지만 그런 사람도 잘릴 수 있어요. 예를 들어 현재 우리 악단을 맡고 있는 단장이 혹시라도 헨체의 오페라를 무대에 올리면 잘려요. 즉시는 아니더라도 언젠가는 반드시 잘리게 돼있죠. 헨체는 공산주의자이거든요. 국립 오케스트라에서 그런 사람의 작품을 올릴 수는 없어요. 아니면 무슨 정치적 음모가 있든지…….

어쨌든 저는 절대 잘리지 않습니다. 내키는 대로 연주하건 말건 잘리지 않습니다. 부럽다고 생각하실 수도 있지만, 저한테는 그게 바로 위험 요소입니다. 오케스트라 단원이 안정된 신분을 누리는 건 어제오늘 일이 아닙니다. 오늘날엔 국가 공무원으로서, 200년 전에는 궁정 관료로서 그런 신분을 누렸죠. 물론 당시엔 제후가 죽으면 궁정 악단이 해체되기도 했습니다. 이론적으로는 말이죠. 오늘날엔 그런 일이 없습니다. 절대요. 어떤 일이 일어나도 오케스트라는 굳건해요. 심지어 전쟁 때도요. 전쟁을 겪은 선배들한테 들은 얘기인데, 폭탄이 떨어져도, 모든 것이 파괴되어도, 온 도시가 잿더미로 변해도, 오페라 극장이 활활 불타올라도 국립 오케스트라 단원들은 아침 9시면 지하실에 모여 리허설을 했다고 합니다. 절망적이죠. 이런 상황을 벗어나기 위해선 제 스스로 그만두는 방법이 있어요. 당연하죠. 제 발로 찾아가 그만두겠다고 말만 하면 되니까요. 물론 흔한 일은 아니죠. 실제로 그런 사람도 많지 않고요. 다만 합법적인 행동이니까 저역시 얼마든지 그럴 수 있습니다. 그리 되면 저는 자유의 몸이 되겠죠. 예, 자유는 얻겠죠. 하지만…… 그다음엔…… 어떻게 될까요? 어쩌면 길바닥에 나앉을지도…….

이 역시 절망적이죠. 비참해지는 겁니다. 결국 이러든 저러든 절망적이기는 마찬가지입니다.

(마음을 가라앉히려고 하는지 잠시 입을 닫더니 곧 속삭

이듯 말을 이어 간다.)

    …… 다만 오늘 저녁, 제가 아주 중요한 순간에 사라를 절규하듯이 외침으로써 공연을 완전히 망쳐 버린다면 삶이 달라질지 모릅니다. 일명 헤로스트라토스[28]의 행위가 되는 거죠. 그것도 총리 면전에서요. 사라는 명성을 얻겠지만 저는 해고되겠죠. 콘트라바스의 절규는 음악 역사상 한 번도 없었던 사건입니다. 어쩌면 음악당 안에 패닉이 일어날 수도 있어요. 혹은 총리 경호원이 실수로 저를 쏠 수도 있고요. 순간적인 판단 착오로요. 아니면 실수로 객원 지휘자를 쏠 수도 있을 겁니다. 아무튼 어떤 일이건 터지긴 터질 겁니다. 그로써 저의 인생은 확 바뀌겠죠. 삶의 전기라고 할까요? 이 일로 제가 설사 사라를 얻지 못하게 되더라도 그녀는 저를 평생 잊지 못할 겁니다. 그녀의 경력과 인생에서 잊을 수 없는 사건으로 남겠죠. 그것만으로도 절규의 가치는 충분합니다. 물론 저는…… 오케스트라에서 잘리고…… 단장도 잘리겠지만요.

    (자리에 앉아 다시 한번 맥주를 쭉 들이켠다.)

    어쩌면 제가 실제로 그럴지도 모릅니다. 지금 이 기분 그

---

28 고대 그리스에서 이름을 얻으려고 일부러 아르테미스 신전을 불태운 인물. 이후 유명해지려고 범죄를 저지르는 사람을 가리키는 말이 되었다.

대로 가서 오케스트라 동료들을 보고 이렇게 소리 지를 수도 있죠. 여러분! 우리에게 다른 가능성이 있어요. 실내악이에요. 착실하고 성실하게 일하고, 연습하고, 또 많이 참고, 그리고 B급 오케스트라에서 콘트라바스 수석 주자가 되고, 작은 실내악 협회에 가입하고, 8중주단에 들고, 음반을 내고, 신망을 얻고, 융통성 있게 행동하고, 어느 정도 이름을 얻고, 그럼에도 겸손하고, 슈베르트의 「송어」 5중주를 연주할 만큼 실력을 쌓고…… 그러고 사는 가능성 말입니다.

참고로 슈베르트는 지금의 저보다 세 살 어린 나이에 죽었습니다.

이젠 정말 가봐야겠습니다. 7시 30분에 공연이 시작되거든요. 여러분을 위해 음반을 하나 올려놓고 가겠습니다. 슈베르트의 가장조 5중주곡입니다. 피아노, 바이올린, 비올라, 첼로, 콘트라바스, 이렇게 5중주죠. 1819년에 쓴 곡인데 당시 그의 나이 스물둘이었습니다. 슈타이어에 있는 한 광업소 소장의 청탁을 받고 쓴 곡이라고 합니다.

(판을 올려놓는다.)

…… 저는 이제 갑니다. 오페라 극장으로 가서 소리를 지를 겁니다. 제 자신을 믿는다면요. 내일 조간신문에서 관련 기사를 읽으실 수 있을 겁니다. 다음에 뵙겠습니다!

(발소리가 멀어진다. 그가 방을 나가고 현관문 닫히는 소리가 들린다. 순간 음악이 흐르기 시작한다. 슈베르트의 「송어」5중주 제1악장이.)

심금을 울리는 넋두리

나는 심금(心琴)이라는 말이 참 좋다. 다들 가슴속에 거문고를 하나씩 품고 산다니, 얼마나 멋진 상상인가! 거문고는 외부의 무언가가 내 마음속 깊은 곳을 건드리면 절로 공명을 일으켜 연주하기 시작한다. 외부 자극에 나의 오감이 감동하여 울리는 소리다. 여기서 외부 자극이 꼭 사람일 필요는 없으나 거문고가 사람 사이를 이어 주는 공감의 가장 깊고 진솔한 형태임은 분명해 보인다. 나 역시 그것을 생생하게 경험한 바 있다. 오래전 아버지 장례식장에서 있었던 일이다. 새벽녘 분향소 앞에 앉아 꾸벅꾸벅 졸고 있는데, 옆방에서 나직이 곡소리가 리드미컬하게 들려온다. 요즘은 보기 드문 광경이지만 그때는 가끔 장례를 전통식으로 치르는 집이 있었는데, 옆방이 그랬나 보다. 처음에는 〈아이고, 아이고〉 곡소리가 메마르다. 울음기라고는 전혀 없다. 그런데 시간이 지나면서 차츰 목소리에 습기가 묻어나더니 어느 순간 통곡으로 바뀐다. 본인 스스로 마음속의 거문고를 건드린 것이 분명하다. 그 전까지만 해도 나는 곡소리가 문상객을 의식해 슬픔을 드러내는 지극히 형식적인 절차인 줄 알았다. 그런데 아니었다. 그건 곡을 하는 본인뿐 아니라 듣는 사람의 마음속 거문고까지 울리게 하는 공감의 협주곡이었다. 사실 상주라고 해서 계속 슬픔에 젖어 있을 수는 없다. 손님을 맞아야 하고, 이것저것 준비하거나 챙길 것이 많다. 그러다 보니 슬픔에만 오롯이 빠지는 것은 불가능하다. 이럴 때 곡소리는 상주의 마음속 거문고를 건드려 슬픔을 북받치게 한다. 그것도 아무 관련이 없는 사람들까지 말이다. 그게 마음속 거문고의 힘이다. 나 역시 비몽사몽간에 들려오는 메마른 곡소리가 습기 가득한 통곡으로 바뀌는 순간 참을 수 없는 슬픔에 눈물을 쏟아 낸다. 각자의 거문고가 공명하며 슬픔의 협연이 시작된 것이다.

그런데 왜 하필 거문고일까? 마음속 가야금이라고 했어도 되지 않을까? 이유는 분명해 보인다. 가야금은 소리가 가늘고 화려하고 경쾌하다. 반면에 거문고는 소리가 굵고 깊으며 웅장하다. 인간의 깊은 곳을 건드리려면 당연히 깊은 울림을 내는 악기여야 하지 않을까? 깊은 소리는 크지 않고 잔잔히 깔리면서 멀리까지 퍼져 나간다. 서양에도 심금과 비슷한 표현이 있다. 〈heartstrings〉, 즉 마음속의 현(絃)이 그것이다. 서양 사람들도 인간의 마음에 현악기가 하나씩 들어 있다고 생각한 모양이다. 이럴 때면 나는 동서양을 아우르는 언어와 사고의 원초적 공통성에 깜짝 놀라곤 한다. 어쨌거나 마음속의 현에 가장 잘 어울리는 서양 악기는 무엇일까? 당연히 콘트라바스가 첫손에 꼽혀야 하지 않을까? 이만큼 깊고 묵직한 울림을 내는 악기는 없을 테니까 말이다.

그런데 콘트라바스는 사실 참 못난 악기다. 엄청난 덩치 때문에 악기라기보다는 질질 끌고 다니거나 상전처럼 모시고 살아야 할 짐이나 다름없다. 그렇다고 소리가 예쁜 것도 아니다. 깊고 굵기만 할 뿐 아름답고 매력적이지 않다. 그렇다 보니 독주곡은 고사하고 독주 파트도 거의 없다. 오케스트라 내에서 서열이 제일 낮고, 공연 중에 관객들의 시선도 끌지 못한다. 하지만 이런 찬밥 신세에도 오케스트라에서는 없어선 안 될 악기다. 오케스트라 전체를 떠받치는 토대이기 때문이다. 콘트라바스는 다른 악기들의 소리를 포용하고 받쳐 준다. 그를 통해 스스로 빛나는 것이 아니라 다른 악기들을 더욱 빛나게 한다. 사실 세상에 홀로 잘난 것은 없다. 빛나는 것들 뒤에는 항상 그것을 빛내 주는 조연과 배경이 있기 마련이다. 어둠이 없으면 태양이 어떻게 빛날 것이며, 못남이 없으면 아름다움이 어떻게 도드라지겠는가! 그런 점에서 콘트라바스는 어쩌면 우리같이 평범한 존재와 비슷할지 모른다.

콘트라바스를 시작하게 되는 동기를 봐도 이 악기는 우리네 삶과 비슷해 보인다. 처음부터 이 악기가 좋아서 시작한 사람은 없다. 다른 여러 악기를 해보다가 안 되니까, 또는 어쩌다 우연히 이 악기와 연이 닿은 것일 뿐이다. 애초에 자기하고 맞아서 시작한 사람은 거의 없다. 소설 주인공인 콘트라바스 주자가 풀어놓는 사랑 이야기도 그렇다. 그는 여러 차례 사랑에 실패했고, 지금은 오페라단의 메조소프라노 여가수에게 사랑에 빠져 있다. 그것도 보통의 남자들에게 흔하게 볼 수 있는 짝사랑이다. 둘은 애당초 맞지 않아 보인다. 콘트라바스와 메조소프라노는 그 자체로 상극이다. 게다가 여자는 콘트라바스 주자에게는 관심이 없고, 잘나가는 성악가하고만 어울린다. 이런 상황에서 남자는 마침내 대단한 결심을 한다. 총리까지 참석하는 큰 무대에서 여인에게 사랑을 고백하고, 그로써 국립 오케스트라의 따분한 공무원 생활을 청산하겠다고 말이다. 물론 이 결심이 뜻대로 될지는 의문이다. 우리가 콘트라바스 주자라고 해도 그 결심을 실행에 옮길 가능성은 그리 커 보이지 않기 때문이다. 그저 그러고 싶은 마음속의 바람이라고 할까!

소설 주인공은 오랜 세월 함께하면서 애증이 깃든 이 콘트라바스라를 매개로 우리에게 어떤 때는 조곤조곤히, 어떤 때는 열정적으로, 어떤 때는 격분해서 삶과 사랑과 음악을 이야기한다. 그런데 개인적 하소연에 가까운 이 이야기가 전혀 가볍거나 낯설게 느껴지지 않는 건 아마 그게 우리 모두의 이야기이기 때문인 듯하다. 그런 면에서 이 모노드라마는 우리 같은 범인의 심금을 잔잔하게 울리는 넋두리처럼 다가온다.

지은이 **파트리크 쥐스킨트** 전 세계적인 성공에도 아랑곳없이 모든 문학상 수상과 인터뷰를 거절하고 사진 찍히는 일조차 피하는 기이한 은둔자이자 언어의 연금술사. 소설가 파트리크 쥐스킨트는 1949년 뮌헨에서 태어나 암바흐에서 성장했고 뮌헨 대학과 엑상프로방스 대학에서 역사학을 공부했다. 젊은 시절부터 여러 편의 단편을 썼으나 별다른 주목을 받지 못하다가 한 예술가의 고뇌를 그린 모노드라마 『콘트라바스』가 〈희곡이자 문학 작품으로서 우리 시대 최고의 작품〉이라는 극찬을 받으면서 알려지기 시작했다. 또한 평생을 죽음 앞에서 도망치는 기묘한 인물을 그려 낸 『좀머 씨 이야기』와 2천만 부의 판매 부수를 기록하며 유례없는 성공을 거둔 『향수』 등으로 독일을 대표하는 작가로 각인되었다. 작은 삶의 테두리 속에서 펼쳐지는 한 콘트라바스 연주가의 일상을 기록한 『콘트라바스』는 일찍이 어느 작곡가도 작곡해 내지 못한 것을 〈글로〉 써내는 데 성공한 작품이다.

옮긴이 **박종대** 성균관대학교에서 독어독문학과와 대학원을 졸업하고 독일 쾰른에서 문학과 철학을 공부했다. 지금껏 『그리고 신은 얘기나 좀 하자고 말했다』, 『악마도 때론 인간일 뿐이다』, 『9990개의 치즈』, 『군인』, 『데미안』, 『수레바퀴 아래서』, 『바르톨로메는 개가 아니다』, 『나폴레옹 놀이』, 『유랑극단』, 『목매달린 여우의 숲』, 『늦여름』, 『토마스 만 단편선』, 『위대한 패배자』, 『주말』, 『귀향』, 『승부』 등 많은 책을 번역했다.

콘트라바스

발행일	1993년 3월 10일	초판 1쇄
	1999년 7월 10일	초판 32쇄
	2000년 2월 20일	2판 1쇄
	2019년 11월 1일	2판 41쇄
	2020년 4월 20일	신판 1쇄
	2023년 4월 5일	신판 3쇄

지은이 **파트리크 쥐스킨트**
옮긴이 **박종대**
발행인 **홍예빈·홍유진**
발행처 **주식회사 열린책들**

경기도 파주시 문발로 253 파주출판도시
전화 031-955-4000 팩스 031-955-4004
www.openbooks.co.kr

Copyright (C) 주식회사 열린책들, 1993, 2020, *Printed in Korea.*
ISBN 978-89-329-2025-2 03850

이 도서의 국립중앙도서관 출판예정도서목록(CIP)은 서지정보유통지원시스템 홈페이지(http://seoji.nl.go.kr)와 국가자료공동목록시스템(http://www.nl.go.kr/kolisnet)에서 이용하실 수 있습니다.(CIP제어번호:CIP2020012167)